FLORET
READING

小花阅读

我们只写有爱的故事

青春阅读　幸得相见

大鱼

有爱的青春陪伴者

原来他也喜欢我

YUANLAITAYEXIHUANWO

晚乔 / 著

贵州出版集团
贵州人民出版社

·作者简介·

ZUOZHEJIANJIE

晚乔

| 小 花 阅 读 签 约 作 者 |

热衷于美食、画画和文字，汉服日常党，永远在刷游戏追新番。

时刻都是奇怪的想法，习惯于用意念和人交流。一直做梦活在武侠世界里，开始以为正常，后来发现好像只有自己是这样，难怪和人讲话永远跑偏跟不上。

伙伴昵称：乔妹、仓鼠

已上市：《妖骨》《顾盼而歌》《云深结海楼》《烟雨斋》

作者前言——

【走吧，天气不错，阳光很暖！】

最近天气不错，阳光很暖。

有太阳的冬天实在是很舒服。

从以前到现在，一直都喜欢温柔的人。

其实温柔的人很多吧？只是，可能因为不善于接受别人的好意也不懂如何应对别人的恶意。有时会喜欢把自己藏起来，像是对自己的一种保护。

大概是因为这样一个想法，所以很想写这样一个人——

他其实很温柔，只是温柔得不大明显。他也不会表现自己，所以习惯掩饰，稍微露出一点柔软的样子，下一秒就加倍裹上自己的刺，说些心口不一的话，给对方一个反弹，然后自己退远。

事后也会懊恼，觉得当时不该这么表现，可如果下次再来，他依然是同样的反应。

很久以前就想写了，可是，因为没动笔，所以在脑子里他从来都只是个模模糊糊的形象，并不具体。直到这个故事，他有了自己的名字，他叫“顾渊”。

我很喜欢他，想把他介绍给大家。

然后也想介绍一下这个故事。

其实没有多复杂，简单地说，就是一个人遇见另一个人。

相遇相识，相处相知，也许在认识之前没有想过生活里会多出这么一个人，但在有了他之后，发生的所有事情又好像都是顺理成章。

希望我们都能找到这样一个人，不用多轰轰烈烈，也不用刻意去做一些事情证明什么。只要那个人陪在身边，心里就能安定下来。

那个人会是很自然的存在，也像是本来就应该在的。

如果下次再有这么好的天气，希望那个人就在左右，而我们也能像故事里一样，对那个人说一声“走吧”。

——走吧，天气不错，阳光很暖。想拉你去湖边晒着太阳喝点小酒，唠唠家常。

喜欢的人也喜欢自己，真的是再好不过的一件事。

晚乔

目录

CONTENTS

Y U A N L A I T A Y E X I H U A N W O

目录

CONTENTS

Y U A N L A I T A Y E X I H U A N W O

[原 来 他 也 喜 欢 我]

Y U A N L A I T A Y E X I H U A N W O

第一章

YUANLAITAYEXIHUANWO

回顾的顾，深渊的渊

1.

港口人声喧哗，一艘货船正在进行最后的装运检查。

“大副。”

一个男人走到正在指挥的顾渊身后，他连着叫了几声，前边的人才终于回过头。

上午的阳光很盛，近海处波光粼粼，一层一层的碎金随着海浪涌来，除了被高立着的船身挡住的地方有阴影的遮蔽，别处好像都是金色的。而顾渊站在船体的影子里，白色的制服被投上一层冷霜，原本就淡漠的人此时显得更加不易接近。

“怎么了？”他皱着眉头，一边盯着不远处的装运，一边等着来人说话。

“这是我刚才在那儿捡到的。”男人拿着一个小包，指了指船甲，“我打开看了看，这不像是咱们的东西，所以来请示请示您。”

顾渊接过小包，拉开拉链，里面是压缩饼干、一次性毛巾和手电筒之类的东西。随意翻了翻，本想停下的，却是这时候，他在夹层里看见一张废弃的车票。

他皱了皱眉头，将那车票翻过去。

这是个应急包。

“在哪儿捡到的？”顾渊向男人确定信息，抓着小包的手指紧了紧，他看一眼手表，“出发时间还剩最后十分钟，通知全体，十分钟后停下所用工作，上船关闭所有入口，然后延迟开船五分钟，清点人员和船舱。”他利落地发布指令，“不论清点结果如何，时间到了，立刻启程。”

“好的。”男人应了声，低了低头，转身离去。

这是一个码头，除了顾渊所在的货船，周边还停着许多比这小上几号的船。顾渊环视了一圈，最后眺向远方，那儿是望不见尽头的海。他们走的是远洋，一趟来回差不多两三个月，在这样的环境里漂久了，很多人便会产生错觉，开始怀疑到底有没有岸。

人对未知和死亡总会有忧惧，而海洋和宇宙是所有未知事物里，最让人不安的两个。

然而，顾渊不同，他对着这片蔚蓝，从未生出过不安。

不论是风浪，还是意外，他都能有条不紊地做出最适宜当下的安排。

他大概天生就该是做这一行的。

“大副，地方都搜遍了，没有找到不相关的人。”之前走掉的男人回来，低着头向他报告。

“开船。”顾渊看一眼手上的应急包，拎着走回了船舱，边走边说，“最近吃的东西看紧一点。”

身后的男人很快应道：“是。”

行至船舱，顾渊停住脚步，他从包里摸出了一张车票似的东西。

这张票证，它的持有者叫“池渝”。

2.

货船驶离港口，就意味着这段航程已经开始，远离了陆地，放眼望去，前后左右全都是海。你不知道海底有什么，不知道接下来会发生什么，离了这艘船，每个人都无处可去。在这样的地方，一个人待久了，是很容易崩溃和绝望的。

有气无力地晃了晃手机，池渝的手有些打颤，肚子发出来的声音比喉咙能发出的都大上许多。

这是她混上货船的第二天，没有淡水，没有食物，原本接应她的人阴错阳差也没有上船。

这里早晚温差很大，而她没有衣服保暖，应急包还弄丢了，偏偏她还得躲着船上的人……

即便考虑做得再多，计划做得再仔细，一旦遇上意外，也都成了无用的东西。也是在这一刻，她忽然就明白了自己接受任务时，那些同事朝她投来的眼神的意思。

难怪有人不愿意接受这个任务。

卧底调查本来就不是什么轻松的活儿，尤其还是在这样无法与外界保持紧密联系的地方。

都说不怕一万就怕万一，虽然那个万一只是万分之一，几率小得很，可这些东西，谁又能说得准呢？

就像现在，她好死不死就碰上了这个万一。这才终于有了概念，原来他们说的“混到远洋货船上进行报道，根本不是人干的事”，是这么个意思。

夜色浓得发稠，池渝咬着牙，嘴唇没有半点儿血色，白得厉害。

也许要讲什么生死时刻还是夸张了些，可处在一个陌生的地方，要面对未知的东西，人总会有一种“下意识”。比如池渝，她窝在角落里，下意识地便将所有事情都往最坏的方面去想。

可是，想得再多也没有用，徒增恐惧罢了。还不如想点儿办法，让它们不要发生。

偷偷地躲在门后，在值守的脚步声远去之后，池渝慢慢站了起来。可即便动作再慢，她的眼前还是有些发黑，饶是她不晕船，现在也有些恶心想吐。

压下想要干呕的感觉，紧紧抓住墙面，池渝撑着自己的身体让自己不至于倒下。

她得找点儿找吃的，别来了船上什么都没做，人先饿死了。

池渝弯着腰低着头，把脚步放得很轻，一格一格数着地上的木板，弓着身子往里走。

现在的她，距离装着食物的房子还剩七格，六格，六格，六格……

不对，衣服被钩住了吗？

池渝摸向自己的后颈，在碰到一个带着温度的东西的同时，她猛地回头，猝不及防就撞见一张没有表情的脸。

一般人第一眼看见谁，看到的都是五官长相，然而，这个人却会让你首先感觉到他的气场。后来，池渝想，这大概是因为他给人的压迫感太重，强过了样貌的缘故。

顾渊的眼睛和夜里的海面一样冷。

“池渝……”

顿了顿，他喊出她的名字。明明是怀疑的语气，却莫名让她觉得，这个人已经确定了她的身份。

饿了这么久，池渝早就已经没有精神了，可在这一声之后，她又很快机警起来。到底是偷混上来的，被船上的人发现，当然不是什么好事。

不过，这个人并没有马上叫人过来，那么她大概还有机会脱身。

池渝的脑子飞速转动，却因为形容憔悴，叫人看不出她的所思所想。

顾渊松开抓着她衣领的手：“你混上船，想做什么？”

池渝一个踉跄差点儿就摔倒下去。

与此同时，她的头脑开始飞速运转。

根据来之前的调查和前一晚的经验，这个时间点，基本上所有的船员都休息了，除非船只有什么特殊情况，否则他们大多不会出来。而这个人，她在上船之前看过的船员资料里见过他。

很有辨识度的一张脸——顾渊，这艘货船上的大副。

她心底一紧。

他就是专门负责航船货运的人，也是她的怀疑对象里面嫌疑最重的一个。

顾渊等了会儿，微微眯了眼睛：“不说？”

这个人看起来有些危险，然而，她怎么也想不到一个好的说辞。

毕竟池渝确实是偷渡上船，找什么理由都改变不了这一点。他看起来也不太好糊弄，而更重要的是她不能够对这个人放下心来。

池渝正想着，眼前的人忽然拽住她的衣领，将她整个人往后抵过去。

“啊——”

池渝的背狠狠撞上船栏，背对着大海，被顾渊抵得几乎半个身子都探了出去，只剩下脚尖点地支撑着身体。她发出一声短促的惊呼，一手抓住拽着自己的手，一手捂住自己的嘴巴。

下意识转了脖子，池渝一回头就看见身后黑洞洞的大海，似乎没有边际一般，能吞没所有接近它的东西。

只要这个人撒手，她就掉下去了。

“我查了所有的监控，可你避过了它们，动作很仔细。”他的声音有些冷，“你是偷混上船的，没人知道，也没有存证，就算我在这里把你丢下去，你也是白死，甚至尸体都不能保全。”

说到这儿，他忽然笑了笑，“谁知道底下有什么呢？”

那个笑没到达眼底，看起来依然很冷，结合着这情景，甚至叫人看得胆寒。就算平时胆子再大、心思再密，但这个时候，池渝可以说是饥寒交迫又虚又弱，完全没有半点儿自保能力也根本无法做出反抗，被吓到当然也很正常。

可她很快定下心神，转念一想，如果他真会这么做，就不会和她说这么多废话。如他所说，她是偷混上来的，孤身一人，他其实有很多方法问她，可他现在只是吓她。

既然如此，说不定能和这个人打个商量。

池渝定了定神：“你是不是怕我是小偷，或者以为我来这儿是为了偷渡？”

等了一会儿，没见他回答，她只能硬着头皮往下说：“你放心，我不是……”

“那你是为了什么？”

池渝犹豫许久，做出一副为难的样子，小心翼翼地开口：“如果，我说我是来旅游的，你信吗？”

顾渊原本听得认真，却在这句话之后，抽了抽嘴角，表情有那么一丝崩坏。

“你是不是在把我当傻子？”

“你怎么会这么以为？我……”池渝话还没说完，就感觉到抵着自己的力道又大了两分，她挣扎了几下，脚尖只能险险挨到地面而已，而眼前的人，只是单手拽着她的衣领。

她猜过装傻不会很管用，只是想着能拖一阵是一阵。

拖点儿时间，她也好想解决的办法。

却没想到，这招不止不管用，还招惹了反效果。而最关键的是，在这样的情况下，她根本没法儿好好想办法。

池渝连忙两只手抓住他："喂，你力气够大吗？这样很危险的！"

"不够，说不准什么时候就要松开了。"

"那你倒是放了我啊！"

"你说了，我就放了你。"

靠在船栏上，池渝瑟瑟发抖，好像下一秒就撑不住了似的。却没想到，顾渊等了许久也盯了她许久，到了最后，还是他先开的口。

3.

"你真不说？"

池渝的脸色越发苍白，也不知道是在坚持什么，明明已经害怕到发抖，竟然还是咬着牙摇摇头。又或者，她是在赌。她赌，他不会真的把她丢下去。

这个人，不知根不知底，在她上船之前所做的分析里，是最有可能与她对立的人。她最该小心、最不该遇见的就是他，只是出师不利，第一个发现她的竟然是他。

所以，赌这一把其实很冒险。

却也说不上什么原因，她觉得他不会真的放手、不会把她扔下去。

池渝从来理智，只有这次，真要论起来，她靠的是直觉。

顾渊在心里叹了一口气。

她不说话，这么一来，反而是他有些无奈了。

顾渊到底不是什么恐怖分子，尤其对方还是一个女孩子，除了吓一吓之外，他真的可以说是别无他法。

夜里的海上很沉，船甲的灯光昏暗，池渝只觉得眼前都是黑的，却偏生看清楚了他的一丝松动。这个人，看着冷酷，最后却把她拽了回来。

池渝跌坐在地上，捂着心口大口大口地喘气，一副仍有余悸的样子。

顾渊居高临下地看着她："法制社会，我不杀你，你也最好老实点儿待在这里。下个港口你自己选，下船还是去警局。"

池渝一顿，想说些什么，却终究是欲言又止。

然后，她听见他说："现在，跟我走。"

她刚刚放下的心在这一瞬间猛地又提起来。

“去哪儿？”

看着她满脸警觉，顾渊轻嗤：“行，你想饿死就继续留在这里好了。现在距离下一个港口还有两天航程。”说完，他若有所思似的，“两天，那时候怕是已经凉了。”说完转身就走，竟然当真不再管她。

而池渝很快做出决定，飞速爬起来跟在了他的身后。

这个人走路很快，却没有声音，幽灵似的。

池渝刚想叫他慢一点儿，就看见他停下脚步，头也不回：“你该不会是想被全船的人知道你的存在吧？”

池渝一愣：“什么？”

“我说，你走路的声音轻点儿。”

于是池渝放轻了脚步，跟在他的身后，只是她的眼神却充满了怀疑。

她也不是没脑子的人，怎么会不知道走路声音太大容易引起别人的注意？她只是想确定这个人有没有打算把她暴露给航船上的人罢了。

而现在看来，是没有的。

那他到底想干什么呢？藏着她，然后，放了她？

池渝皱了皱眉头，会这么想也太甜了。

她在心里加强了戒备，默不作声地摸出了随身带着的小刀握在手里，防个万一。只是，在掏小刀的时候，池渝一个不留神，把贴身放着的记者证也带得掉了出来。

证件落在地上发出很轻的一声，顾渊却下意识地回了头。

“那是什么？”夜色里，他看不清楚。

池渝将记者证握在手上：“学生证，我还没毕业的。”

顾渊的眼底闪过几分怀疑，却也没有多问，转身便走，似乎并没有过多留意这个小插曲。而池渝亦步亦趋地跟在顾渊身后，安安静静，看上去十分乖巧。

4.

从前有人这么形容过池渝，说她生了这样一张脸，实在是很占便宜的，就算什么时候真做了什么坏事，证据确凿被抓住了，否认一把也一定会有人信她。

可顾渊表面上像是放过她了，看她的眼神，却从头到尾都是嫌弃和防备的。

不过，这也正常。

都这个年纪了，谁还会因为一张脸相信一个来历不明的人呢？又不是傻子。

池渝边吃着压缩饼干边用余光打量他。

在这样的一艘船上，她想，如果她是船员而他是来历不明者，她一定会对他戒备。或许，她还会比他冷酷一点，直接铐着，免得真的发生什么挽回不了的意外。

也不知道是想得太入神还是太久没进食，池渝吃得噎了噎，嗓子一干，咳得有些反胃，差点就吐出来。她正在拍着胸口给自己顺气的时候，有一只手伸了过来。

池渝下意识地接过那人递来的水，拿着就灌了一大口。

而顾渊在看她顺好了气之后又坐了回去。

这个女孩可能是小偷，可能是别家航运公司的人，也可能是想借此偷渡到大洋彼岸。无论是哪个可能，对于他们而言，或多或少都有损害，她的手段也都不正当。

之前他有想过，她会冒着危险一个人出现在这里，或许是有不得已的理由。可现在看来，她不像是被逼到绝路的人，那个理由或许根本就不存在。

她只是因为自己的某种目的，因为自己的愚昧无知，做了这样的事情而已。

在顾渊眼里，这样的人是有些可气的，不止喜欢不起来，甚至还惹人厌恶。

可即便如此，他也没办法不去管这样的闲事。

毕竟人心复杂，即便船员他都认识，也未必知道对方的真实想法，未必能了解他们究竟是怎样的人。而她到底只是个女孩子，已经饿了这么久，要发生什么，都没有办法反抗，一个人实在危险。

“你应该没什么条件自己回去，下个港口去警局吧。记得把偷混上船的原因交代清楚。”顾渊见她有反驳的意思，于是截住她，“不过……”

他顿了顿：“不过我觉得你大概不会愿意说，这样实在是个隐患，我也不能放心。”他认真思考着，“所以，我临时改变想法了。”

很多时候，多说多错，而多听他怎么说，却或许能从他的言语里分析出些东西，从而找到解决问题的办法。

池渝静默地坐着，一边猜测他要说什么，一边等着他接下来的话。

果不其然，他说的和她猜的差不多。

顾渊说：“让你老老实实自己去或许有点儿困难，下次靠岸，我送你去警局。”

池渝一顿，大概印象已经定下，眼前这个人，不管实际如何，至少目前表现出的是嘴硬心软的模样，说不定能稍微与他谈谈。

“我知道，如果我是你，遇见一个莫名其妙偷混上来的人，我也不会相信的。可我真的……”

“你知道就好。”顾渊没打算往下听，径自站了起来，“所以这两天你最好老老实实待在这儿，哪儿也别去，等着下船。”

这和她想的不大一样，池渝没想到他听都不听完。

顾渊直接道：“你知道吗？即便是再好的人，但很多海员因为常年漂泊，得不到纾解，也会做出一些可怕的事情。你这两天躲得好，没遇到，不代表能一直这么持续下去。”

池渝被说得一愣：“什么？”

顾渊有些不耐烦。

这个人是有多蠢？每次都要他复述一遍。

“我说，不想死就别出去，不怕死我也不拦着你。里间有床垫，隔间是厕所。”他指了一指，“你，进去。”

池渝转身，刚走两步又回过头来：“对了，你叫什么？”

“顾渊。”他说，“回顾的顾，深渊的渊。”

“这么介绍自己的名字，不会觉得不太吉利吗？”

“话这么多，你可以进去了吗？”

池渝耸耸肩，心里却轻松了些。

也不知道是在为什么而轻松，也许，是因为他没编一个假名骗她。

顾渊望她：“还不去？”

经过了这两天的躲躲藏藏，池渝早就身心俱疲了。她大概也明白这个人的意思，不论真假，他至少看起来是为了她在着想的。

虽然语气确实不耐烦，说话也夹枪带棍了点。

这样说话，就算是好心也让人不舒服。不过将心比心，在“她只是一个身份不明的人”的前提下，顾渊已经算很温和了。

池渝老老实实放下手里的饼干和水，低着头走进去。

而顾渊就这么环着手臂看着她。

没有人会喜欢麻烦的人和事，谁都不例外，尤其还是这种撞上来又不得不管的麻烦。

在池渝关上里面的门之后，顾渊收回目光，不耐地叹了一口气。

把她留在他这儿，真是一桩大麻烦啊！

第二章

YUANLAITAYEXIHUANWO

我信不过你

1.

顾渊说的床垫真的只是一个床垫，虽然不算脏，但是能看出来很旧，边角上还有些磨损。这儿像是个放杂货的屋子，四周堆得满满的，有一个角落里的东西甚至垒得比这个床垫还高出两三倍。

这让池渝总忍不住担心那个东西掉下来会砸着她。

夜里的航船有些冷，床垫上又没有被子、毯子之类的东西，池渝随便找了一个类似餐桌布的方巾盖在了肚子上，随后便用手枕在脑后，开始想接下来该怎么办。

她的确不算了解海员，但来之前也是做了功课的，自然知道这里一些潜在的危险。如果不是之前说这船上有安排接应的人，她也没胆子一个人混上来。

只可惜，中间出了点儿意外，那个人没上船。

一般情况下，遇见这样的意外，她应该要终止任务才对，免得接下来发生些什么不可控的事情。事实上，在之前饿到受不了而几度要昏过去的时候，她也的确是这么想过的。

然而，大概真的像大家说的那样，她从来都很倔，要她放弃一件事情，在很多时候，比让她坚持下去更难，哪怕这件事再难再累、再不好完成。

就像现在，在那股绝望劲儿过了之后，她又想再试着坚持一下。只是，没有了那个接应的人，她要继续留在这船上，或许有点儿困难。

可能是精神紧张了太久，又一下子吃饱了放松下来的缘故，就在池渝躺在床垫上思考着该怎么办的时候，一阵阵倦意袭来。于是，还没来得及想出解决的办法，她就这么睡着了。

池渝并不知道，在她睡熟之后，顾渊走了进来。

他站在她的身前等了一会儿，直到她的呼吸变得均匀绵长，才微微蹲下身来。他没有怎么看她，只是顺着之前的记忆，开始找她口中的那张“学生证”。

池渝将它放得很贴身，顾渊在翻找的时候，动作难免有些暧昧。他的眉头皱得很紧，表情也严肃得不行，像是在做什么复杂的工作。

不一会儿，顾渊拿到那张证件。

“记者？”他的声音很轻，眼底闪过几分意外。

顿了几秒，他用手机将证件仔细地拍了下来，又放回原处，接着退出房间，恍若无事。

池渝再醒来时已经是第二天的中午，她所在房间的门口放了一些吃的。池渝下意识地想开门，却发现房门被从外面上了锁。她扳了两下，没扳开，也就放弃了。

端起盘子走回床垫那儿，池渝坐下就吃。然而，还没吃到一半，她就听见外边开门的声音。

她心里一紧，第一反应是看这房间里有没有可以藏人的地方。在确定没有之后，才缓缓走向门口，站在门后。这船上不止昨天晚上的那个男人，她不能确定进来的人就是他，也不知道外边上的锁是怎么搭上的还是闩上的。

但不管情况怎样，被除了那个人之外的人发现她的存在，都不是什么好事。

就在池渝做着猜测的时候，外边传来钥匙开锁的声音。

如果外边是锁上的，那么开门的人应该就是他了。

池渝稍稍松了口气。顾渊在开了锁之后，轻轻敲了敲门，语气依然带着不耐，举动却让她觉得绅士。

他隔着门问："醒了吗？"

池渝轻手轻脚地走回床垫那儿，拿起食物，装出什么都没发生过的样子："嗯。"

顾渊开门，手上拿着的是她丢的应急包。

"喏。"他将包抛过去，顺手又丢过去一个袋子，"预计明天上午九点，航船会停靠新加坡港口补货，到时候你换上这套衣服，我带你下去。"

"下去？"

"去警局。"

池渝打开袋子，里边是一套船员的制服。

她抿着嘴唇皱皱眉，本来想插科打诨混过去的，却在抬头的时候清楚地看见了眼前的人脸上的认真。

虽然坚持和认真都是优点，可放在这个情况下，池渝觉得他这个优点实在是非常不好。

原来不是说说吓她而已，他是真的打算送她去警局啊。

"所以，你真要把我丢下船吗？"虽然觉得没有用，但她也没别的办法了，只能硬着头皮装可怜，"你也说了，我就一个人，还是个女孩子，你说，在什么也没有的情况下，被丢在一个人生地不熟的地方，该有多危险啊？"

“你现在也是在一个人生地不熟的地方。而且你面前站着的这个人，从昨天到今天，一直都想把你丢到海里喂鱼。”

池渝干笑几声：“幽默。”

顾渊完全不理会她的反应，继续道：“而且，就算你有多危险，也都是自找的。严格来说，能给你吃的，把你留在这儿这么久，已经是我忍耐的极限了，剩下的与我无关。毕竟我也不是你的家长对吧？”

“爹。”池渝随口喊了一声。

“嗯。”

顾渊顺嘴应下，脸色随之一黑。

“我没和你开玩笑。”他几乎是咬着牙在瞪她。

虽然这种情形不大对，可池渝一愣之后，确实是很艰难地把嘴角往下压，努力许久，才终于没有笑出声来。

“有时间觉得好笑，不如先考虑考虑自己该怎么办吧。”顾渊的脸色越发阴沉，“如果我是你，我会笑不出来。”

2.

闻言，池渝在心里叹了一声，脸上却半点儿没表露。

这个人看起来很有原则也很正直的样子，可“看起来”和“实际上”之间往往都是有差距的，从昨天到今天，他们不过两面的交情，她依然不能确定这个人值得信任。

而既然如此，她当然不能把自己的行动透露给他。

毕竟，整艘船上，他和货运存在着利益上的关联是最多的。

她要调查的东西，不一定与他毫无关系。而一旦有什么关系，她又透露错了人，那么就连她自身的安全都会没有保障，如此，更不用谈什么留下来。

“在想什么？”顾渊抱着手臂，“打算说了？”

池渝一时怔忪：“说什么？”

“你上船的目的。”

池渝摇了摇头，摇完之后，又半真半假地加一句：“我信不过你。”

顾渊听得好笑。

私自上船，窝在他的地方，还敢说这句话？不过不得不说，很勇敢也很诚实。

那抹笑意一闪而过，并没有多真心。他说：“那明天去警局说吧。”

“我不能走。”

顾渊从来不是一个多耐心的人，性格也算不上好。而在面对着她的此时此刻，他环着手臂，明显有些烦了：“池渝，你是不是有病啊？”

闻言，池渝一怔，忽然想到些什么。

“对了，你怎么知道我的名字？”

昨天太饿太累没法儿思考，没发现这个问题，可现在回过神来，池渝觉得有些奇怪。或者说，不知道是不是因为职业的缘故，她看到的东西都太复杂，所以对很多事情都会往阴谋论上猜测。

比如那个没来得及上船的线人，比如躲过了两天却被他撞个正着的收留。

她的脑子转了很久，顾渊却只是眉头一皱，用眼神示意了一下那个应急包。

“里边有一张车票，车票上有名字，而整个航船，只有一个外人。你说，这不是你的是谁的？”

或者，就算那不是她的名字，也一定是她熟悉的人，既然如此，那么对她叫出那个名字，她不会没有反应。是抱着这样的想法，才会有他昨晚的试探。只是，刚刚试探完，他就确定了，那个名字就是她的。

但这些东西，他没有义务向她报告。

池渝低了眼睛点点头，像是接受了这个说法，却对他生出了些许防备。

与她相似，顾渊亦然。

这个世界上的绝大多数人都是带着目的在生活着，出发点不尽相同，追逐过程中所用的手段也各不相一。在这样的环境里浸染久了，自然也会习惯性往复杂的地方考虑。

一时间气氛有些凝滞，两个人面对面各有所思。

3.

顾渊对池渝一直很冷淡，这种态度，放在人际交往里，通常会让人不舒服。可在这样的情况下，却也恰恰让她安心。

只是安心的日子总是过不长久，池渝的确有些担心，不知道留在这儿会发生些什么。可比起留下所可能面对的所有未知，她更担心自己留不下来。

今天就是航船补货的日子，距离到达下个港口的时间不长了。而她毫不怀疑，一到地方，顾渊就会把她扔下去。

站在圆窗边，池渝望着外边湛蓝的海面，看见上边一层层的波浪，心里有些犹豫。按照现在的情形，即便还没有结束，但她这次的任务也应该是失败了的。

可一旦这么认输，航船这边会加强防备，上头那儿也会有所顾忌，失败的任务在短时间内不会进行第二次，很有可能会将时间推延。而新的任务总是很多，一桩桩一件件压过来，再要进行原先的，就不那么容易了。

航船破开海面，海水皱了起来，池渝逆着这褶子往远处望，然后看见了岸。

这时，顾渊敲了几下门，推门进来。

“准备一下，要靠岸了。”

池渝早就换好了他准备的衣服，也将长发收进帽子里。

那套衣服很大，穿着不太合身，可卸货装货来来往往，大家都忙得不行，一般来说并不太容易注意到别人。只要她低着头，注意掩饰一下，也不大看得出谁是谁。

顾渊会过来，只是担心她还没有准备，现在见她已经准备好了，自然便准备出去。他还有许多事情要做，并没有那么闲。

然而，池渝叫住了他。

“等等，如果我真的有必须留在船上的理由，你能不能帮帮我？”

顾渊脚步一顿：“什么？”

他回头：“理由是什么？”

池渝差点儿就直接开口，犹豫片刻，还是没说出来。

他上前几步，走到了她的面前，几乎是贴着她站住。顾渊很高，尤其是这个距离，他带着厚重的压迫感，自上而下地看着她。

“不打算说？那你叫我做什么，拖延时间？”

“我……”

她未完的话被一个声音打断，是外边的人敲了敲门。

“大副，船要靠岸了。”

顾渊回头，外套的边沿随着他转身的动作擦过她的脸。池渝一怔，之前被他的气势压住了，什么别的都没注意，是这时候，她才发现，原来他们离得这样近。

她默默退开两步，稍微走了那么几秒钟的神，没听清楚他回答了什么。

当池渝再抬起眼睛，顾渊已经皱了眉头，拉着她的手就往外走。

“干什么？”她死命赖在原地。

“带你下船。”

她瞪圆了眼睛：“我话还没说完！”

“你打算说？”

“打算的！”

“下去再说。”

她拉住里屋的门板：“我又不傻，下去了你还会让我上来吗？”

两个人全程压着嗓子说话，表情却像是在嘶吼着一样。池渝是因为着急，而顾渊则是失去了耐心。

“我现在没时间听你说这些，别给我找麻烦。”顾渊的声音稍微大了些，明显不耐烦起来。

这是发生了什么？刚才还不是这样的啊。

池渝被他弄得一怔，被顾渊拉着就出了门，只是刚一出来，他就放开了她。

敛去了表情，顾渊看起来严肃正经，背脊挺得笔直。

“你跟在我后边，不要乱走，等下了船再说。”

说完之后，顾渊便开始做装卸货物的指挥。

这个时间段是很忙的，事情又多又杂，顾渊难免会有些地方顾及不到。等到他再回头的时候，池渝已经不见了。

或许是害怕自己报警，所以溜了吧？这儿人这么多，他是看着她下了船的，总不可能再混回去。顾渊想，只要她离开了就没问题。

然后，他继续指挥着装卸。

可没指挥多久，他就看见不远处走来一伙人。

货船所在的码头和客船是不一样的，虽然都有保安和警卫，可货船这边却偶尔会有些闹事的人，想趁机占点儿好处。都说强龙不压地头蛇，和这些流氓对着干，不仅没必要，还容易惹麻烦，毕竟对方可没什么顾忌。

顾渊稍微和边上的人交代了几句就迎了上去。

那伙人最前面的男人拍了拍顾渊的肩膀，很熟似的，笑出一颗金牙：“看你家航船这货量，又发财了吧？”

顾渊笑得生硬，讲话更生硬：“托福。”

“啧啧，大副还是这么个脾气。”大金牙把叼着烟的烟夹在指间，“这可不行啊。”

“最近跑远洋太多，有些累，见谅。”顾渊叫来一个人，指了指，“和以前一样，都准备好了，老板跟他去就行。您事情多，我这儿也忙乱，怕谈久了耽搁行程，还是简单点儿吧。”

池渝藏在一个很大的圆筒状的东西后面，周围嘈杂，她只能听清几个字，连不成句子。可即便听不见，光是看这情形，她也能猜到是发生了什么。

说不清是失望还是后怕，只是，当她看见那个收留她几天的人和这群混混进行着这样的交易的时候，她还是有些抵触的。所幸她没有信他，没把自己来的目的告诉他。

池渝皱了眉头。不对，又或许他早就知道了，或许她的猜测不假，她遇见的意外，真是他弄出来的呢？

甚至，说不准他还在哪个地方安排了陷阱，是她谨慎才没有跳进去。

顾渊并没有发现池渝，依然在应付着大金牙。

大金牙满意地笑了，递过去一根烟：“和爽快人说话，就是叫人舒心。”

顾渊接过烟，随手捏着，就这么看着他们走远，之后将烟掐断，扔进了垃圾桶里。

每次和这群人打交道之后，顾渊的脸色都很不好看。可这个世界从来都不是那么简单，很多事情，不是不想或不愿意就可以不做。

在这样一条路上走着，他见过许多人，各种各样，能被分成几大类。有人为了目的而放弃曾经的坚持，有人为了原则砥砺前行，有人圆滑，有人坚定。

各人有各人的路，他说不上哪种好，也不愿随意评论别人。只是，他在自己不愿妥协的事情里，做了许多次的妥协，每一次都让他对自己生出许多不满，可是除了妥协他也找不到别的办法。

成年人的世界，大家把这叫作正常。

虽然顾渊一直认为这种正常本身就是一种不正常，可那又怎么样呢？谁改变得了？

即便是一手遮天的人，偶尔也要在某些方面做出一些让步。更何况是他。

在顾渊冷着脸走开之前，池渝已经偷偷摸摸闪身到人堆里。

4.

猫着身子在人群里窜来窜去，池渝从一堆人里到另一堆人里慢慢混着，离入口越来越近。她想，或许她可以再偷混上去一次。

虽然有危险，可这样的机会，她实在是不想放过。更何况，她已经留了信息给信得过的朋友，那个人那么有本事，她应该是不会再出什么意外吧？

因为躲闪着想掩饰自己的身影，她一不留神撞上了人。正好有海浪涌来，船身晃荡，她没抓住着手点，一下子踉跄着往旁边栽过去，背部直接磕上栏杆，疼得她眼泪都差点儿出来。在这个过程中，最多最多，她不过无意间擦了一下对方的衣服。

池渝正打算低头道歉，却听见对方不满的声音。

“怎么，你们这儿什么人都能当船员的吗？连个路都不会走，眼睛长在背后还是长在脚上？”男人指了指自己的衣服，“低着头？低头就能躲过去了？这可不行啊，犯了错不赔点儿东西，怎么长记性呢？万一有个下次……啧啧，也不是每个人都像我这么好说话的。”

池渝的心一颤，她偷偷地瞄对方一眼，是刚才和顾渊说话的大金牙。

怎么偏偏就撞上他了？

“怎么了？”

不远处，顾渊听见这边的动静，和副手交代几句就走过来，他虽然对大金牙很是厌恶，面上却是毫不显露。

“哟，大副啊。”大金牙笑了声，“你看，你这小船员毛毛躁躁，撞着我。我这也不年轻了，哪里经得起‘他’这一撞？”

顾渊瞥了眼身边的人，在看见帽檐底下没被遮住的细白下颌时，眼底闪过几分意外。又是她，果然就只会惹麻烦。

“你走路没带眼睛还是怎的，在这里也是能随意冲撞的吗？规矩和处罚条例都忘了？”顾渊劈头盖脸就是一顿臭骂，“一天到晚尽添乱，因为你一个人要耽误整个航程吗？你来这里是做什么的？还站着干什么？去那边转角等着我，等会儿收拾你！”

池渝的背很痛，大概是磕得太狠了，随便动动都牵得发疼。她咬着唇忍着，将头低得更下了些。

在吼完池渝之后，顾渊转向那个大金牙。

“实在对不住，您是哪儿被撞着了？”顾渊微微低了眼睛。

大金牙也是第一次看见他发火，一时间有些被震慑住了，毕竟是在外边混了这么久，他很快也就反应过来。顾渊刚才虽然是在斥责那个小船员，实则却是在护着，如果他要为了这么点儿的小事对上顾渊，那也不划算。

他要的可不是这点儿蝇头小利，他图的，可是这艘航船长久的“交易”。

“嗨，撞着了。”大金牙摆摆手，多大度似的，“可谁叫那是大副的船员呢？算了算了。”

顾渊扯出个看似真诚的笑：“老板就是老板，大量！”

大金牙拍拍他的肩膀，笑着讲了几句话就走了。

这时候，也不知道是看热闹还是好奇，不少船员把目光投向这边，而顾渊察觉到之后，不动声色地往周边扫视了一圈。

像是无声的威慑，船员们很快把目光移向别处。

只除了一个脸上带刀疤的。

“哎，还看呢？”这时候，另一个船员用手肘捅了捅刀疤脸的胳膊。

刀疤脸嘻嘻笑道：“我这不是觉得那小兄弟挺眼生的嘛。”

“这一批新来了好几个人，眼生的也不止这个，你别等大副待会儿注意到你……”

“知道知道。”刀疤脸说着，转身便跟着那个船员离开。只是，离开之前，他又瞥了一眼那边。

这个人，真的只是新来的？

5.

顾渊很快冷下脸，走向池渝。

看他那结冰了一般的表情，船员们极有默契地各自忙活着自己的事情，连个眼神也没有投向他，好像完全不存在什么好奇和什么看热闹的心思。

池渝抬头，眼前的顾渊脸色不豫地拍着肩膀，好像那儿有什么脏东西。

拍完之后，他盯着她，拿出自己的手机开始拨号。

当时的池渝是不解的，也没猜到他是要做什么，直到他开始说话，她才反应过来，顾渊这是在报警。

“喂！”

池渝连忙抢顾渊的手机，却被顾渊单手握住一双手腕，怎么挣都挣不开。而等到他放开她的时候，电话已经打完了。

池渝的手腕被勒得通红，上边的指印极其清晰，她望着顾渊，满眼不可思议。

顾渊却是无动于衷：“我要是你，我就跑，这儿人多，你动作快点儿，说不准还能跑掉。”

“跑？”还没从之前的情绪和疼痛里缓过来，又经历了这么一遭，池渝明显被激得有些生气，联系着之前的事情，一时口不择言起来，“我为什么要跑？倒是你，做事挺干净的嘛，还敢报警。”

顾渊想了想，没想明白："你说什么？"

"我说什么你不清楚？好吧，刚才那伙人就不算了，但作为大副，这里的东西你不该很熟悉吗？你这船上的货挺花心思的吧？"池渝冲着航船扬了扬下巴，意有所指，"不然，怎么能这么干脆地报警呢？也不怕我知道些什么，一起告诉警方。"池渝的表情看起来有些讽刺，字里行间都在说着船运的问题。

她说，这些货不对。

"你什么意思？"顾渊皱了眉头。

见状，池渝心下一紧，暗道不好，差点儿被激得把事情给说出来了。

她不动声色，迅速转换话题"我说什么你不知道吗？怎么，你难道不是和刚刚那个大金牙有什么见不得人的交易？大金牙我虽然不认识，但也看见了他从旁边的船只那儿走过来，小弟手里拿的东西走几步多一把啊。你别告诉我，这是正常的。"

池渝这番话出口，看似无理取闹，却也像借着这份胡搅蛮缠的劲儿在隐瞒什么。她的语气很不友善："顾渊，没有人和你说过临渊而危吗？"

拿名字来作文章，可以说是很冒犯了，可他并不在乎似的，不仅不气，反而笑了笑。

"那你教我怎么做。"顾渊顺着她往下说，装作没看出她故意引开话题，"你说，我是直接叫船员全部聚集过来和他打一架还是怎么样？你以为他们人手比我们少？你以为这次打过了以后就没事了？你说自己没毕业，所以你是还在读小学吗？做事情都不动脑子的？”

“那你就有理了？”

“我没有，没理的人都是很怕被人说的。”顾渊耸耸肩，毫不在意似的，“所以，你有没有想过，如果我被你激得恼羞成怒……池渝，你不怕我在这里杀了你？”

她明显愣了一下，却是说了一句让他觉得有些好笑的话。

“就算你能杀了我，但你能杀了所有人吗？”她一字一顿，“做过的事早晚会败露的，是非好歹，都盖不住。”

明明两个人都是在演戏，明明两个人说着的都不是自己想说的，明明他们都只是顺着对方的话在往另一面走，可顾渊却看见了池渝在说这句话时候的认真。

像是怀抱正义的小孩子一样。

顾渊看着她，这么想着。

在听见这句话的一瞬间，他想起小时候看过的电视里的一个角色，就是《铁甲小宝》里的蜻蜓队长。

她刚才说的话，给他的感觉，就像是蜻蜓队长每次出场的那几句经典台词——

“绝对不意气用事，绝不漏判任何一件坏事，绝对裁判的公正与漂亮。”

明明是刻板又幼稚的台词，她却说得认真。

他觉得好笑，可他没有笑。

他尝过人情冷暖，看过社会险恶，即使再不愿意也会去迎合、去妥协。很多人在这样的环境里浸染久了，就会生出别的念头，希望将所有人都一起拖进来，好像大家都一样了，自己就能显得正常。

当腌臜成了普遍的存在，每个人身上都沾了锈，所有人都成了一个模子，他们这些“前辈”，就能被当作是另一种光鲜——我来到这个地方比你早，我教你的你要听。

可顾渊不是这样。

他笑了笑：“上次我就说过了，法制社会，我不杀人。”

池渝环着手臂，不和他搭话。

他是妥协了，可他从心底敬佩那些坚持自己原则的被世人视为愚笨的人，不是所有人都有自己的坚持，也不是所有人都愿意坚守那些，很多东西都和经历有关，更重要的是心性。

这种心性，很多人说它是幼稚，偶尔，他找不到合适的形容词，也会把这个叫作幼稚。可如果这份幼稚能被人保护，能够成长起来，说不定也能给某些领域带来一些改变呢？

他一向不耐烦池渝，可今天，他在她的身上看见了这样的心性。

6.

“池渝。”本来准备陪她演一演，借势再激她几句，看能不能听见真话，可现在他不想演了。

顾渊深吸一口气，直截了当地问她：“我再问你一次，你来这儿，究竟是来干什么的？”

“什么？”

池渝不知道顾渊为什么莫名缓和了情绪，也不知道他怎么忽然又问了这句话。

“你一个没毕业的女孩子，对我们航船的货运这么关心？”

池渝佯装不解，背后却出了冷汗：“谁关心你们的货运，我就是单纯看不惯你们这样乱七八糟的交易！”

“所以呢？你还没有回答我，为什么要混到这艘船上来。”

池渝顿了顿：“你真的想知道？”

顾渊点头。从他的角度，可以看见女孩低垂着的眼睛和她翕动的嘴唇。

有那么一瞬间，他真的以为她是准备说实话了。

“告诉你也不是不行，反正你都报警了不是吗？”她看起来有些难过，“其实，我说自己没毕业，不是还在读书，而是毕不了业了。我是爷爷奶奶带大的，也没有爸爸，我妈在前年的这个时候嫁人了，去了英国，在那之后再没管过我。之前一些时间，她每个月还会打些钱给爷爷奶奶，可不久就断了，而我一边读书，一边打工，日子虽然紧张，也能维持下来，直到前一阵子，爷爷奶奶相继离开……”

她说得情真意切，声音也微微哽咽，如果他没看见那张记者证，可能就真的信了。

顾渊揉了揉额角。

“所以，我想去找她，也不为了别的什么，就当是要个答案。可我没有钱，连学费都交不起，更别提办签证出国。如果不是没有办法，我也不想混到这上面，自己的安全没有保障不说，还要给别人添麻烦……”

池渝觉得，如果这次任务真的失败，她至少得把自己摘出去。她有记者证，有主编的调查令，这些都可以算证据，即便被抓走了，也不会有什么大问题。她唯一的考虑，就是不想惊动隐藏背后的势力。

她不知道这种苦情戏顾渊会不会信，可不管他信不信，她总得编编试试。

与此同时，顾渊的手机响了起来，他拿出手机，点开信息，池渝依然在说个不停。

等到把信息看完，他长叹一口气。

“行了。”他打断她，捏着她的下巴抬起来，果然没在她的眼睛里看见眼泪。于是“啧啧”两声，在心里评论，瞎编乱造的本事不错，演技却不怎么行啊。

那条信息是他一个朋友发来的，内容嘛，全是关于池渝的。事实上，在拍了池渝记者证的当天晚上，他就把它发给了他的朋友连清禾。长期在商海沉浮的人总有些自己的手段，要调查一个人，虽说不上轻而易举，但这种程度，也并不算是费力。

还以为池渝是干什么的，原来是个来卧底调查的小记者。

虽然连清禾并没有查出池渝是来调查什么的，可这些资料，也足够了。

顾渊微微勾了嘴角：“听你这个意思，把你赶回去，好像很不近人情？”

池渝一愣：“什么？”

“如果你在船上出了什么事，后果自负。”

其实，在池渝夹枪带棍语言攻击他的时候，他便从里面剔出了自己想知道的信息。一张记者证，几句被激怒时有意无意提到的货物，这几个点或许不多，却也足够他联系着理出一些事情。

而连清禾发来的信息，只是让他更确定了而已。

其实池渝有一句话没说错，作为大副，对待货运，他当然是最熟悉的，也正是因为熟悉，也许在一些方面会有惯性思维和注意不到的死角。原来不去多想或许没有什么，但现在，许多原来觉得奇怪却没有多加思考的小细节被串成一条线……顾渊的心思渐渐凝重起来。

他想，或许有些地方真的有问题。

而她……

船上的船员大多数是正规出身，却也不乏风里雨里出来的粗人，还是那句话，没人知道一个人表象之下的本质如何。她一个人，要躲在这船上，要不被人发现，谈何容易。

可即便如此，这是他的船，他有这个自信护得住也藏得住她。

大致做了思考之后，他说："没听懂？"

池渝道："你说清楚一些？"

"我说，你可以留下来。"顾渊说完微顿，又补充一句，"可是，池渝，记住你自己说过的话。最后你如果在这个航程里发生了什么不好的事情，我依然会把你交给警方处理。你不信我，我也信不过你。什么探亲、什么学生，这都不过是你的一面之词，谁知道你真实的动机是什么？不论如何，私自混上商船是事实，哪怕货物没有损失，你的行为也足够定罪了。"

这真是池渝想了一万遍也没想到的回答。

"那，你刚刚的电话……"

"假的。"顾渊舌尖抵了抵左腮，"吓你，没报警。"

池渝有些迟疑：“你……”

“小朋友，我虽然是一时兴起，可如果你是在骗我，也是要得到惩罚的，即便你是真正的蜻蜓队长。”

池渝一头雾水，什么蜻蜓队长？

顾渊意识到自己的话来得突兀，她没听懂，干咳一声。

“好了，走吧。”

“等等。”池渝带着狐疑，“你为什么忽然同意我留下来？”

总不能真是被她编的故事感动了吧？

顾渊歪歪头，在她说出这句话之前，他并没有想过这个问题。他想的是，既然他是航船的大副，自然就该对这些货物负责，站在这样的位置上，他有义务担责任。而如果她的目的真如他猜测的一样，那么在某种意义上，他们是同一战线的。

可这些事情，他没必要和她说。

他只是含糊道：“差不多吧。”

池渝开口：“可是……”

“不信我？”顾渊轻一点头，像是赞同，“正常，你的脑子终于转了一次。”

其实池渝心里是相信他的，不知道为什么，她就是相信他不是那样的人。可她得给自己留条路。

她试探性地开口：“那个，我要怎么相信你？”

他直接掏出身份证：“把这个拍给你信得过的人，说你和我在一起。”他指一指不远处的监控，“万一你有点儿什么事，调出录像，我是责任人。”

他的言外之意：所以，我不会怎么样你的。

池渝也不是傻子，这几天的相处，她不是没有感觉到他对她有多厌恶多嫌弃，所以她完全没料想到他会来这么一招。这简直太配合了，他完全不像是这么配合的人。

“你真的让我留下来，而且还会帮我？”池渝还在追问。

顾渊望天，叹了一声：“你怎么活到这么大的？因为蠢得不忍直视，正常人和你说话重一点儿就觉得在欺负你，所以世界都为你让了路？”

“我……”

“动作快点儿，你自己没事做不代表所有人都闲着。”

池渝抿了抿嘴唇，原本的意外和想道的谢咕噜几下全都咽回了肚子里，表现在脸上，就是明显的嫌弃。

顾渊本来就不是什么好脾气的人，这下更是几乎要气笑了——这个人真的是记者？这么幼稚也能当记者？

可在看到她眼神的时候，顾渊又转了想法。也行，决定既然已经做了，就不会反悔。而她害他多花的这些心思和时间，他也有别的办法“报复”回去。

他的似笑非笑，在她眼里，更像是一种嘲讽。

池渝不说一句话，掏出手机拍了他的身份证，编辑了一段话，发给了一个人。大概是讲清楚了，她收回手机，将身份证还给他。

“顾渊。”

“干吗？”

“谢谢。”

他随口道：“不用。”

从前几天打交道的过程来看，顾渊的态度一直很坚决。而现在，他莫名其妙转变了态度，无缘无故出来帮她，要说是被她编的故事给打动了，池渝自己都不信。

可他到底是怎么了？

池渝眼睛一转：“喂，你这是心血来潮还是一时兴起啊？该不会半路又把我丢下去吧？”

顾渊拧了眉头：“如果你实在不放心，趁着现在还没上船，要回去也不是不方便。”

池渝佯装无措：“也不是这个意思，只是想问问你，你既然不想把我介绍给船上的人，那就是说你要我藏在你住的地方？航程还有这么久，还要去这么多地方，藏得住吗？”

“这是我的船，没有谁会比我更熟悉。我要保一个人，怎么做不到？”

这话里有几分骄傲、几分疏狂，听上去有些自大，可是，由顾渊说出来，和他的气质糅合在一起，却给人一种不容置疑的感觉。

“你的船？可你不是船长吧？”

“这次航行结束就是了。”他扬了扬下巴。

“晋升？”

“嗯。”

池渝笑了笑：“那提前说一句恭喜了。”

如果顾渊很快会成为新晋船长，那么，他的权力便比她想象的更大一些，知道的事情或许也比她猜测的更多。接触虽然不长，可她不大相信顾渊会做那些事，或许是身为记者的直觉，虽然直觉这东西好像并不能作为有力的佐证让人接受。

而且她也没有找到理由，解释他态度上的变化。

无论如何，这总是有些让人不安的。

第二章

YUANLAITAYEXIHUANWO

所以，接受惩罚吧

1.

经过一天的装卸，船员们也都累了，吃过饭就早早就进了自己的房间休息。

顾渊自然也是。

只是，在把饭菜递给池渝之后，他就趴在了窗户边上，有一下没一下地拿着强光手电筒往天上照，看上去很是无聊。池渝只当他是没事情做，随手晃着手电筒解闷，也没多想什么。

却没料到，一连几天，她都看见他这么做。

哪怕起初不在意，现在也有些好奇了。

这天，船上比较忙，等到顾渊回来住的地方，已经很晚了。池渝白天趁着人少的时候，穿着船员的衣服到处转了转，大概熟悉了一下船上的结构。

也不知道顾渊是有意无意，她这几天进行得很顺利，甚至有一次她溜进一间屋子，差点儿被人发现，紧要关头还是顾渊将那个人叫走了。

而事后，顾渊问池渝进去做什么，她搪塞说肚子饿去找吃的，顾渊也只是和她随便说了几句别的，没有多问。他很自信，信自己能藏得住她，也信有自己在她做不出什么危害的事情。

只可惜，她并没有得到什么有用的信息。

池渝根本没找到自己想要的证据。不过这也正常，如果这么简单就能找到，那才真的说不过去。

因为饿极了，池渝吃得很快，吃完了觉得有点儿冷，这才发现顾渊没把外间的门关紧。

她看了眼时间，凌晨两点，估摸船员们早就睡了，她摸索着悄悄走出去。

顾渊所住的地方是起居甲板的最前一侧，再拐个弯就是楼梯，上面是放救生艇的甲板。艇甲板上空空荡荡，位置很高，视野很好，一眼就能看见全船设置。

而此时，上面只有一个顾渊。

他靠在栏杆上，探出去小半个身子，拿着强光手电筒往天上照，池渝也顺着那束光往天上看去。今天的云很低，她歪歪头，甚至能看见云层上被映出来的一个光点。

也就是这时候，顾渊转身，手电筒的光束一摇，强光直接对准了她。池渝被光晃得眼睛疼，她一边抬手挡光，一边朝他走过去。

“大晚上的照什么？”

她透过指缝，看见他欲言又止的模样。可再睁开，眼前的人又是那副拽得欠扁的样子。

“手电筒嘛，晚上不打，难不成白天打？”

她一时语塞。

“再说了，想照的也不是你。”顾渊转了回去，却也关了手电筒。

池渝从前读过一句“海上生明月”，想来或许是美的，却不知道到底多美。而此时，潮水带星，银白的月光漾在海面上，和着那些落入水中的细碎星光一起，看上去竟也类似于阳光下的波光粼粼。

她抬眼，顾渊的头发上沾了水汽，水汽大概也反射了些月光。池渝站在他的身边，总有一种这个人在发光的错觉。

她顺口问了句：“那是照谁？”

顾渊抬头，侧脸的轮廓被月华勾勒出一条银边，既清晰又干净。

“云。”他说。

也许这是迷信，也许这样的话说出来，连小孩儿都不会相信。可他就是愿意去信，信云的后面是有人的，有死去的亲人。

很多时候，盲目比理智要轻松，毕竟，在一定程度上，它能给人带来慰藉。

“云？”

池渝不明所以，却在看见他表情的时候默默脑补了很多。

她眼里的顾渊，带着恣意有些傲气，遇事不乱，仿佛天生就在领导者的位置。

顺着她的目光，顾渊看出来她想偏了，却也没打算解释。

“你出来做什么？”他转过身来，靠着栏杆，直直望着她。

“我……”

池渝没有上来过甲板，毕竟白天这儿太过瞩目，晚上她又不方便出来。这几天，她一直都是低着头走路，一点点记下来船上的位置。她需要在脑子里把那些位置做一个整理，因此，借机跟他上来，想看看全船布局。

可她当然不能这么说。

池渝一时语塞，顿了顿，低下头去，小孩儿似的嘟囔一句:

“出来向你道歉的。”

虽然是借口，可有一件事情，她是真的想向他道歉。

她的声音太小，顾渊没有听清：“什么？”

她稍微把声音放大了点儿：“对不起啊。”

顾渊有些意外，又是一句：“什么？”

她说：“我出来，是想向你道歉的，对不起。”

顾渊明显更不明白了，想了许久，也没想到她有哪里需要向自己道歉的，于是就这么看着她，满脸的疑惑和戒备：“你又闯什么祸了？”

池渝注意到他的表情，刚想呛回去，可话才到嘴边，她又咽了下去。毕竟也不占理，在她的认识里，做错了事、说错了话，就该去改、也该道歉。

这都是应该的，并不是什么难事，也并没有什么难说。

可是，现在她却不知道该怎么开口了。因为，她的确觉得自己那时候说得过分，可他好像并不记得。

池渝纠结了一会儿，才摸摸鼻子，组织言辞想说法，思考了好一会儿。

“其实你的名字很好听，渊字有很多种解释……那时候，我瞎说的。”

顾渊还以为有多严重，没想到是这件事。

“就这个？”他说，“我没放在心上。”

“名字是我自己随便取的，什么临渊而危，没听过也没想过。”他好像并不在意，“不过，我跑了这么多次远洋，遇过那么多次风浪，也没因为那些危险而怎么着。那些封建迷信的字面都信不得。”说完，他想一想，又皱了眉头，伸出的手指几乎戳到她的肩膀上，“我说你，下次有什么直接说成吗？吞吞吐吐的，我还以为怎么了呢。”

2.

这还是池渝第一次看见有人在被道完歉之后是这样回应的。

原来以为顾渊冷冰冰的刻板又无聊，可刚刚看他的反应，情绪挺丰富的。

只是，为什么“顾渊”这个名字是他自己随便取的？

这个人的身上，好像发生过些什么。

只是，她没有问。

他们毕竟不算有交情，所以，不该深究的事情，都不该问。

“行了，原谅你。”顾渊环着手臂，挑了挑眉毛，“机器人的思维和人类不一样也可以理解。”

被他这句话冲散了之前的疑惑，因为这句话实在是让她不懂了。

池渝想了想，没明白："你说什么？"

顾渊瞥她一眼："蜻蜓队长啊。"

池渝莫名其妙："什么蜻蜓队长？"

"没看过？"

"嗯。"

大概是她这个呆呆愣愣的表情取悦了他，他没忍住，轻笑出声，露出两颗稚气的虎牙和浅浅的梨窝。

池渝有些愣。

有些人笑和不笑是两个截然不同的画风，眼前的顾渊就是。

现在已是夜深人静，他卸下了白日里的刻板和严肃，解开了制服扣子，也没戴帽子，夜里的海风有些大，像一双手将他的头发往后捋，露出整张脸来。也就是这时候，池渝在他身上看见了一种叫作少年感的东西。

可是，这个人分明严肃、死板又毒舌，脑回路也和正常人不大一样，开玩笑的时候不像开玩笑，不开玩笑的时候更是脸沉得要死，从来不会好好说话，脾气也不好……

这样的人，他分明应该离"少年"这两个字很远了。

像是听见了池渝在心里的吐槽，顾渊吝啬地收回笑容，将嘴角往下压。

"你这是什么眼神？"

池渝这才发现，自己已经盯着他看了很久。

她打了个哈哈："这大冷天的，外边又偏又黑，你一个人站在这儿，不怕有水鬼吗？"

"水鬼？"

听见她的问题，顾渊的眼神带上了点儿不可思议。有时候，他是真的不知道眼前这个女孩儿脑子里都在想些什么东西。

他的话音刚落，海面上有鱼被船甲上的灯光吸引得跳了几下，那鱼来去太快，池渝没看清楚，吓了一跳。

搓了搓手臂上的鸡皮疙瘩，池渝靠过去了一些。

"顾渊。"她语速很慢，"你们这船上没出过什么奇怪的事情吧？"

顾渊揉了揉眉心。

虽然他也被人说过不太会说话，然而，比她还是要好一点儿。什么叫"这船上没出过什么奇怪的事吧"？怎么，难道这里该出什么事吗?

顾渊头疼地把头发往后狠狠撸了一把，整个人连头发丝都透着对她的嫌弃。

池渝本来是随口说说而已，说完就打算回屋子了，却没想到，眼前的人忽然俯身，凑到她的耳边，用几近气声的声音森森问了一句——

"你看我像顾渊吗？"

都说人吓人吓死人，池渝之前受到的所有惊吓加起来都没这一下重。风声和着他刻意压低嗓子发出的气声，成功地让她背脊一凉，下意识就惊叫出来。顾渊反应极快，她不过刚刚出个声，他就捂住了她的嘴巴，把她整个人给按在怀里。

“给我找事儿是吧？”他的声音恶狠狠的。

而她僵硬着背脊，脸颊贴上温热又坚硬的胸膛，鼻尖传来的是陌生的、来自异性的气息，她眼尾一抽，抓住他还没拿开的手，张嘴就咬了上去——

“啊——唔！”顾渊一时不备，被咬得吃痛，叫出声来，可不过刚刚发个音儿，他很快捂住自己，满脸的不可置信。

“你干吗？”他压低了嗓子吼她。

而她咬着不松口，只是抬起眼睛看他。

眼看那个地方就要渗出血渍，顾渊觉得自己的脾气几乎变成实火烧到头顶了，然而池渝却是一点儿没感觉到。

此时，顾渊眼里“不可理喻的女人”也是骑虎难下，她原本也就是一时冲动，咬一口就准备松开，可他那样一吼，她反而不能松了。就像小时候打架，本来打不过了认个输也没什么，可一旦身边有人就此讨论，那就是硬挨也得挨过去。

虽然，这样的心理的确有点儿幼稚。

池渝默默数了两秒，觉得时间差不多了，这才松了口。

却没想到，她刚松口，顾渊一个弯腰蹲下来就把她往肩上扛，接着大步走回了屋子里。

3.

船员的房间都不怎么大，床离门口就几步的距离而已。

因此，池瑜刚刚被扛进来，上一秒听见门被甩上，下一秒就被丢到了床上，整个人都是蒙的，甚至来不及思考发生了什么事和要发生什么事。

接着，顾渊朝着她走来。池瑜挣扎着想爬起来，却不料顾渊单只手就把她按了回去。

池瑜扳了一下按在自己肩膀上的手，没扳动，反而被他用另一只手钳住了手腕。

他单膝跪在她的腰侧，微微俯下身，近得连呼吸都感觉得到。而池瑜就这么惊恐呆愣地盯着他，怎么都回不过神来。

“咬得挺狠？”他皮笑肉不笑地问她。

“啊？”或许是对这个距离不适应，池瑜的思维短暂停滞了一会儿，“我……我不是故意的。”她努力让自己淡定，开始回想自己刚才是不是太过分了，随后又在心里默念了几遍“能屈能伸，人在屋檐下，要忍要忍”，然后硬着头皮软着嗓子委屈巴巴地开口。

池瑜的眼睛很亮，眼型有点儿圆，配合着她现在的表情，看上去特别诚恳，颇有几分情真意切的感觉。

“我错了，不然你咬回来？”

顾渊眉头一挑：“咬回来？”他笑得危险，“好主意。”

池渝打了个冷战，下意识地想推开他，却怎么也挣不脱被他握住的手。

“你想干吗？”随着眼前的人越来越近，她也逐渐警惕起来，“喂，顾渊，你想干吗？”

顾渊停在她眼前几厘米的地方，声音有些暧昧——

“你猜？”

池渝闭上眼睛，猛吸几口气。

顾渊饶有兴味地看着她，虽然幼稚，却不得不说，看她这副表情，他还真有一种报了仇的快感。

可惜，顾渊还没来得及体会这“报仇的快感”多久，就被拼命弹起来的池渝磕得眼前一黑。

捂着额头飞快地从床上蹿起来，池渝一边倒吸着冷气觉得自己刚才磕重了，一边又得意扬扬地冲着顾渊吐舌头。

“当我脑袋白长的吗？嘶——”池渝在说话的时候，本是要跑回里间的，然而可能是实在没有注意，在转身的时候，竟直直地撞在了门框上，并且撞到的还是她刚刚才磕完顾渊的地方。

这一下撞得很重，撞到了鼻子，池渝被撞得有些蒙，还没来得及反应，便被身后的人扯住手臂，脚步一旋又摔回床上。

“喂喂喂，我刚刚，我错了错了……你真的，你别乱来啊！”

眼前的人咬着牙，明显一副怒气冲冲的样子。

“我要是再信你，我就是池渝！”

池渝：“……啊？”

这句话怎么好像有哪里不对？

可她已经没有那个多余的脑子去想哪里不对了。

因为顾渊不知道从哪儿抽出来一根布条，那东西很细，像是捆什么小东西的，却也很紧。他一圈圈缠住她的手腕，接着用一只手压住，空出了另一只手。

做完这些，顾渊勾起嘴角，看上去竟带了点儿邪气：“怎么，怕了？”

池渝这下是真的有些慌：“你……你别乱来，我……哎！”

“想什么呢？”顾渊心情颇好地给她弹了一个脑瓜崩儿。

因为常年海运，他的手劲很大，这一个脑瓜崩儿在池渝感受起来，和一记天马流星拳也没差多少了。更何况，他弹的还是她刚刚磕到的地方。

“喂！”

池渝挨了这一下，眼泪都出来了。

可顾渊看上去笑得更开心了些：“疼吗？”

问话的时候，池渝看见他的额头也是红红的一片，明显是她刚才磕出来的，于是心里叫悔不迭，早知道这个人报复心这么重，她就老老实实服软认输，不和他硬抗了。

“我真的错了。”池渝低着眼睛，看起来很是乖巧。

可惜，顾渊已经不吃这套了。

“对啊，你是真的错了。”他满脸严肃，说完，又弹了一下，“所以，接受惩罚吧。”

恍惚间，池渝仿佛看见了一只恶魔，他露出了犄角，露出了尾巴，也露出了笑。

“嘶……”池渝又被疼得倒吸一口冷气。

看来，这回只能认栽了。

4.

分明在睡觉之前出了气，心情舒爽，却不知道为什么，他又做了这个梦。

一个与“舒爽”两个字沾不上半点儿边的梦。

梦里，顾渊回到了过去，七八岁的年纪，分明还是个孩子，却已经被迫懂了许多东西。

天上下着雨，淅淅沥沥的，而他站在街边，没伞也没有遮挡物，满身狼狈，头发上也不知道沾了什么东西，灰灰白白，粘结成块。他手里是一只缺了口的小碗，他微微驼着背，一双黑亮的眼睛带着期盼，看着身边来来往往的人。

只是，没有人愿意看他一眼。

从天亮到天黑，他等了许久，终于等来一个人。

那人穿着海员制服，手里拿着一颗奶糖，中文蹩脚得很，他很努力也没听懂他说了什么。

没听懂，却假装听懂了，装出了意外，装出了惊喜，装得很期待，装出一副让人不忍拒绝的模样。

小小的流浪的顾渊赖上那个海员，最终成功地跟着他离开了那条在他记忆里满是灰暗的街道。

大人以为小孩子是不会有心机的，所以他们愿意相信孩子。

顾渊不知道别的小孩儿是什么样的，他只知道，自己从来不是那样的孩子。

也许那样做不对，在某种意义上，那是利用。利用对方的善良，达到自己的目的。

可他实在很想离开。

这是他能留在这条街的最后一个晚上，再不离开，晚上那些守地盘的人回来，他又要挨打。其实，挨打他是不怕的，他挨过许多次了。可这次，他跑不了也走不动，以那些人的狠辣，不能逃，怕是要被打死。

他已经三天没吃到过东西了，挨不住的。

他不记得自己是怎么到的这个地方，他只知道，这儿离他的家乡很远，远到他连这边的人说的一句话都听不懂。将这么小一个孩子遗弃到陌生的国度，也许那个丢下他的人本意就是想让他死。

还好，他遇见了那个海员。他知道，原本那个海员不过只是收留他几天而已，可后来，他并没有送走他。那个海员成了他的养父，也是他唯一的亲人。

没有平静的过渡，他直接就陷入另一个让他窒息的梦境——

顾渊眼睁睁地看着养父一夜老去。这时候，养父的衣服不见了，他被小孩儿扔石子，因为落单被许多人围着打，他们叫他“海盗”，叫他“窃贼”。

梦里的顾渊不知道这是为什么，养父分明是一个好人。

他想上前，却只能站在原地。这才发现，原来自己被绳子捆住了。

扔石头的孩子们朝着养父吐口水，大人围着养父拳打脚踢。

少年顾渊红着眼对着孩子和大人大声喊：“这不公平，那不是我爸做的，那不是！你们什么都没调查清楚就这么对他，这不公平！”

是啊，不公平。活在这世上，就有许多不公平在出生时就注定了，他从小就懂这个道理，却屡屡为此无措和愤怒。

小小的顾渊刚被送去学校的时候，因为地域差异，语言不通、文化不同，与人闹出过误会，被周遭的人排斥。

他也时常不解，为什么他没有做过坏事，却不能被人接受；为什么他不是那个惹事的人，同学和老师却不愿意相信他；为什么圆滑的人总能处得很好、更得人喜欢；为什么大家宁愿戴着面具说违心话，也不肯好好说出内心的想法。

曾经的种种不解，现在的顾渊把它当作一种选择，每个人都有自己的选择，很正常。可在从前，他一直觉得，这是很病态的。

于是逐渐游离，于是日益冷漠，于是变成了不合群的存在。虽然一个人的感觉并不好，可那也比曲意逢迎好过多了。

笑久了，脸会僵的。

带着这样的想法，他的表情越来越少，独处的时间也越来越多。

……

在哭喊和叫骂声里，顾渊的眉头皱得发疼。

隐隐约约听见远处传来一个缥缈的声音——

“喂，你怎么了？”

儿时的顾渊很希望有人能这么问他，可惜，这句“怎么了”从来没有到来过。

“你醒醒，顾渊，醒一醒……”

醒醒？这又不是个梦，哪里是想醒就醒得来的。

“顾渊，顾渊？”

那个声音一直响在他的耳边，声音的主人似乎想撕开囚住他的困境，很轻，下手却准确。

她捏住了这片空间的两端，慢慢扯开，顾渊看着眼前的景象越来越模糊，看着它逐渐破碎，而那个声音却随之变得清晰。

“顾渊？”

等他再度睁开眼睛，就看见了面前的池渝。

红而微肿的额头，一双哭过的眼睛。是他睡前看见的样子。

没记错的话，还是他弄的。

“你怎么了？做噩梦了？”

梦境中遥远的声音在耳边响起，顾渊抹了把脸，一时有些恍惚。

算起来，这是他第一次在外人面前失态，还挺别扭的。

5.

池渝完全没有想过，顾渊这种人也会做噩梦，也会在梦里呼叫，甚至眼角带着水光，睫毛被浸出的眼泪打湿，从根根分明变成一簇簇。

顾渊明显还没醒，他蜷在那儿。平日里高高瘦瘦站得挺拔的人，此时居然蜷成了一团，毫无动静。

顾渊居然会哭，这个发现可以说是很惊悚了。

池渝愣了好一会儿才消化完这个事实，开始叫他。

一声两声，一声两声。

“顾渊？”

终于，他的睫毛颤了颤。

“你怎么了？做噩梦了？”

他睁开眼睛。

明明是在哭的，那眼神却极冷，不像受伤的小兽，反似捕食中的猛禽。

在被他盯上的那一刻，池渝不自觉地收回了为他拍背的手。

而这时候，顾渊坐起身来，他低下眼睛，拿手按着太阳穴，声音沙哑：“吵醒你了？”

池渝立即感觉到他的不自在。

在这之前，池渝一直觉得盛气凌人的顾渊让人喜欢不起来，但是这一刻，她忽然有点儿心疼他，觉得比起这样的落寞神态，还是平时的张扬更适合他。

“没有，我没睡熟……”

“抱歉。”即便不久前还在哽咽，可再开口，顾渊的声音里已经不带一点儿情绪，“我偶尔会做噩梦，如果以后再听到，你可以当作没有听到，过会儿就好，不必特意来叫醒我。”他大概觉得不自在，于是习惯性用不耐作掩饰，“我睡眠不好，你叫醒我，我等会儿如果睡不着了，第二天没精神工作，这样很烦。”

话里话外，说的都是“别老给我添麻烦”。

要搁平时，池瑜这么一番好心却换得对方这样不耐烦，她一定会生气。可在这个当下，她看着眼前的人，听着他能呛死人的话，却居然没有一点儿生气的情绪。

不知道是不是因为刚刚睡醒，他还没提起全部的精神、打不好掩饰，池瑜明显看出他的言不由衷。

她认真地盯着他，认真地开口：“其实做噩梦会害怕挺正常的，又不丢人。”说完，转身给他拿了杯水，也掩饰住自己的笑意。

倒不是在笑他，只是顾渊这个样子，实在有点像闹别扭的小男孩。明明内心压抑得不行，却还为了面子想把人赶走，口是心非。

“做噩梦就该叫醒，醒来了睡不着，那就数羊。”池瑜说，“再睡不着的话，我给你讲故事啊。你喜欢《白雪公主》还是《灰姑娘》？”

大概是没想到她会这样回答，顾渊微怔，接过水杯，愣愣地盯着杯子里一圈圈波纹，轻笑一声。

“你笑什么？”池渝觉得奇怪。

“没什么。”顾渊一仰头喝完杯里的水，随手将它放在床头柜上，“就觉得你额头上那块红红的，挺好笑的。”

池渝：“……”

之前可能是她眼睛坏了！这个人啊，恶劣得很，根本不值得同情。

“不好意思。”感觉到池渝的不悦，顾渊毫无诚意地道了歉，“但你的额头真的有点好笑。”

池渝：“……”

顾渊指了指：“不小心想起了寿星公，虽然你的比他的矮很多。”

池渝的眉尾抽了抽。

顾渊起身，到抽屉里翻出一个小瓶子：“睡觉之前想给你的，可你跑得有点快，于是准备明天给你。但现在你出来了，就拿去吧。”

池渝接过，语气不怎么好：“这什么？”

“擦额头的。”

池渝掂了掂，决定不道谢了。

“还不都是你打的。”

弹的时候没注意，现在顾渊才借着月光看清楚，他下手的确有点重。

“对不起。”他说，“我下次轻点儿。”

池瑜：“……下次？”

从梦里缓过来，顾渊已经明显褪去了刚醒来时的低落。他耸耸肩，看起来很是轻松：“如果你不再来惹我，那也可能没有下次。”

他说这句话的时候，池瑜仿佛从他的脸上看见了四个字：你自找的。

她皮笑肉不笑地看着他：“晚安！”说完，转身就进了自己的屋子。

而顾渊在看着她摔上门后，掏掏耳朵，又躺了下去，却不小心在侧身的时候看见枕头上掉了一根头发。

这么长，不是他的。

他捏着，定神看了看，随手丢在了地上。

说来，他经常会做这个梦，却始终不能习惯。每一次，他都要过很久才能从这样的情绪里走出来。

不知道其他人会不会有这么一段过去，记忆深刻、颜色厚重、不愿意想起却又无力去忘记，反正他是有的。

他不想面对却没得选择，只能在那些片段里继续逃避，即便当初无力反抗的那个孩子早已经变得强壮。按道理来说，现在的他将过去甩得那么远，早该有面对它们的勇气了。然而，不是什么都能按道理说，因为不是什么都有道理。

可这次与从前不同，顾渊想，虽然觉得尴尬也别扭，但有人在身边陪着，真的比一个人要好受一些。

即便这个人真的是一个麻烦精。

第四章

YUANLAITAYEXIHUANWO

每个人都有一些不能提的事情

1.

海上的雾气很重，尤其是夜里，那些水汽浓稠得像是充满了水分的云朵，从天上掉落下来，压在海面上，又被海面的张力托着沉不下去。

月下，有航船载灯，缓缓向前，破开这片浓白。

眼睛瞥向窗外，却什么也看不见。池渝在床上静静等了很久，终于，她屏住呼吸，慢慢来到门边，仔细听着外边的动静。

这几天，她尝试着做了一些试探，发现顾渊睡觉从来都是很安静的，也睡得很浅，稍微有些响动就能把他吵醒。

而他睡得最沉的时间段，也就在他值班检查回来睡下之后的凌晨两点半到三点之间。

几乎是掐着时间在等着，池渝偷偷将门拉开一条缝，拿布条包住了脚，动作极轻，提着鞋子出了门。

在船上，藏一个人并不容易，但真要藏住也不是不可能。这些天，她都住在顾渊所在的居室里，有他守着，倒也安心躲了一阵子。

到底是顾渊啊。

池渝这么想，却并没有深思自己会这么想的原因。

也并没有发现，原来不知不觉间，她对他已经生出这么多的信任感了。

只是，由于大部分调查都是在顾渊眼皮下进行的，导致她几乎查不到太多有价值的东西。毕竟，她目前对他的信任，还不足以让她将目的全盘托出。这样下去，或许她是不会被人发现，可混上船来也没有意义了。

海上不同于陆地，昼夜温差很大，晚上冷得很。还好，现在航船驶进了阿拉伯海，慢慢接近赤道，气温较之前略有上升，即便是深夜，也不至于冻得无法接受。

池渝将手机的亮度调到最低，打开自己手绘的简略版航船结构图，想找找货仓怎么走。

做记录的时候有些匆忙，细节太多太杂，池渝连自己都认不清，找了许久才找到方向。

她舒了口气，收好手机一抬起头，就看见一个黑影俯冲下来。池渝几乎是下意识想呼叫，却在开口之前，飞快地抬手捂住了嘴，将叫声抑在喉咙里。

当她再直起身子，才发现那是一只不认识的大鸟。

拍了拍胸口，池渝松了一口气，却没想到那只鸟再度朝她俯冲下来——

该死的鸟到底想干什么？

池渝挥手一挡，手机正巧砸在了鸟腿上。那大鸟像是疼了，翅膀有力地一旋，从她的身侧掠过，爪子恰恰抓住了她的手机，而她的手臂也被挠出几道血痕。

接着，她眼睁睁看着那鸟把她的手机带走，飞进了雾气里。

比起手臂上的疼痛，池渝更多的是不可思议。

居然还有这样的事？

她蒙了一会儿，第一反应是手机里的资料没了，接着又很快庆幸起来，还好，她有备份。

以前有人说过她事事小心，甚至小心到了没必要的地步。可池渝大概是个死心眼儿，即便再麻烦，也坚持了下来。毕竟谁也说不好会发生些什么意外。

就像现在，上船以来，她将自己调查的所有思路都记在了手机里，虽然有云端储存，可她也不安心，于是手抄了一份放在了床垫下。也幸好她还有那么一份，否则，她怕是没办法再做后续安排了。

虽然，现在也并不那么方便。

她在心里无声地呐喊，却也很快接受了现实。

不然她还能怎么办呢？发生了就是发生了，回不来就是回不来，是人还能讲点道理，可鸟的话……

池渝叹一口气，觉得自己只能认了。

环视四周，她小心翼翼地凭着自己的记忆走向货仓。

顾渊是在那天结束直到凌晨才发现池渝不见的。

和往常一样，他起得很早，早餐准备了压缩饼干和水，他从不给池渝送别的，一是他自己这么过惯了，二是懒得费这个心。

之后，又因为要准备三天之后的停靠补货，事务繁忙，于是中午他只在门口放下了饭便又离开，再回来时已是晚上。

池渝偶尔会溜出去，大概是想查探些什么，她身手快也机灵，没被人发现过。顾渊知道，所以并不担心。

时间一分一秒地过去，他就这么等到了凌晨十二点后。

他几乎每隔十五分钟看一次时间，到了凌晨一点半，她还没回来。顾渊终于觉得不对劲，也是这个时候，他发现自己中午给她带的饭，她根本没动过。

顾渊走进池渝住的小房间，本来只是随便看看，却在看见被她当作枕头的布巾时皱了眉头。这条布巾已经有些脏了，也亏她能忍得了。

不过这个女孩儿也的确出乎了他的意料，船上的条件并不好，即便是经过训练的船员，第一次跟远洋也会不习惯，随着环境的变化，情绪上也会有躁动。没想到她适应能力这么强，明明是一个柔柔弱弱的女孩子，面对这些，居然一声都不吭，就这么扛了下来。

他叹口气，抓起布巾，准备把自己备用的枕头换给她，却没想到，在拿开布巾的时候，他隐约地在薄床单下看见了一沓纸张。

顾渊顿了顿，随即将床单一掀，蹲下身子，一张一张翻阅起来。

第一页是一份名单，上边有几个人的名字被红色的笔圈了出来，而其中有一个名字，被圈了之后又被画上个 ×，画完之后又被涂掉。

那个名字是顾渊。

看样子，她特别矛盾，他看着那张画得乱七八糟的纸，有些不知道说什么。

这是怀疑他吗？

不过也对，他也是船员之一，专职负责货物管理，怀疑他没毛病。

顾渊默默地记下了剩下的名字，然后在脑子里把这些人过了一遍。想了想，他又把那沓纸放回去，将布巾也整理成没动过的样子。

接着，他披上衣服，拿着手电筒，走了出去。

池渝啊，实在是很麻烦。

出了房门，有风从背后吹来，将他的额发糊到眼睛上，顾渊不耐地随手一捋，将头发尽数捋起。忙了一天，他其实很累了，累到想瘫倒在床上。

可池渝，从来就只会给他找麻烦。

顾渊将嘴唇抿成一条硬硬的直线，一边在心里吐槽，一边又忍不住有些担心。

麻烦是麻烦，不要出什么事了才好。

在意识到自己想法的时候，他的脚步有那么一秒的停顿，又默默补上一句——

否则，出了事情，会更麻烦。

2.

顾渊连着找了几个地方，里边都空无一人。

夜里有些起浪，航船虽然行得稳，却也稍微能感觉到轻微的晃动。发动机的响声不算大，在寂静的夜里却也十分明显。

手电筒的光打出直直的一束，扫遍了大半个货仓，却总照不见人。

随着步子迈得越来越快，顾渊的心也越来越沉。

这里不比陆地，人失踪了，就算找不到，也还有无数种可能。在海上，如果船上没人，那可能就再也见不到这个人了。

一个地方接一个地方找着，顾渊几乎在船上转了一圈，眉头皱得发疼，牵动了整个大脑都紧绷。心底像是有什么东西在烧，烧得他很暴躁。

把领口扯松了点儿，让冷风灌进去，可效果并不太好。

外边是凉的，人却依然暴躁得厉害。

顾渊将心绪压下，又被反冲上来。

这种感觉很不好受，他几乎就要忍不住了，却是这个时候，他听见某个地方传来微弱的声音，像是小动物睡熟了不自觉的轻哼声，稍有嘈杂，就能被遮掩过去。

顾渊一顿，脚步朝着那儿走去。

如果没记错，这间屋子是专门储备食物的，船上经常吃不到新鲜的蔬果，虽然也可以用药片补充所需，但到底没有食物来得好。因此，这儿有一间专门的屋子，温度偏低，弄得干燥，只是空间小了点儿，存放量不大，却很适宜储存那些新鲜食物。

打开门来，顾渊用手电筒扫了扫。

那个声音再度响起，是在一个被东西遮盖住的角落里。

他走过去，掀开，看见蜷成一团的池渝。

终于找到了，可在看见她抬手遮住手电筒光的时候，顾渊忽然很想骂人。

“怎么，在这儿睡觉？喜好够别致的。”

按了一下手电筒开关，四周的光亮忽然消失。屋子里没有开灯，外边的月光仅能洒到门口。黑暗里，池渝像是失去了焦点，却仍凭着本能向前抓着。

被拽住了衣角，顾渊垂着眼看向她的方向：“还不起来？”

底下的人一声不吭。

“怎么了？”顾渊好不容易松开的眉头又微微皱起，而她还是不吭声。

他等了会儿，蹲下身子：“你……”

这回，没等问完，就感觉到她没站稳似的往前倒，顾渊没有防备，被直直扑倒在地。

“池渝！”他压着嗓子低吼，可是刚刚吼完没多久，就感觉到不对劲。

身上趴着的人除了不均匀的呼吸声之外，再没了别的动静。察觉贴在脸侧的皮肤隐隐发烫，顾渊微愣，抬手探她的体温。

“发烧了？”

再度打开手电筒，他直直对着天花板打光，借着昏暗的光线看着她。伏在身上的人嘴唇很干，眼睛闭得很紧，偶尔颤几下，一副很难受的样子。

顾渊叹了口气，小声嘟囔一句“活该”，接着把手电筒叼在嘴里，将人扶了起来，一把扛在肩膀上就往外走。临走之前，他还细心地关好了门。

月色偏寒，光看起来也冷冷的，这个时候，大多数人都沉睡在梦境里。然而，也不知道巧是不巧，偏生有个人失眠睡不着，走出来抽烟。

他开门出来，刚掏出打火机就听见了脚步声。

接着，一探头，就看见了背着池渝的顾渊。

那人一愣，这是什么情况？再往他们来处一看，他不知道想到了些什么，眯了眯眼睛。悄不作声地站在顾渊身后，他看着他们进了房间，接着，又不知过了多久，他打燃了打火机。

火光映亮了那双眼睛，却照不明他眼底的颜色。这里光线昏暗，那人面容不清，右脸处的刀疤却格外清晰，清晰地透出几分阴鸷来。

看一眼时间，现在已经将近四点，再过几个小时就要开始工作。

顾渊放下手机，叹一口气。

拜她所赐，他已经不困了。

将人安置在床上，毫不温柔地给她灌了药和水。看着池渝在昏迷中被呛得咳个不停，顾渊面无表情地拍了拍她的背给她顺气。

“能活下去吗？”

睡梦中的池渝也不知是听没听见，只是又哼了一声，把头偏过去。

顾渊又站了会儿，像是不知道该做什么，想了好一阵子，才给人掖了被角。动作生疏，在掖的时候还给她灌了风进去，冻得人一个激灵。

虽然现在温度不低，但病着的人好像都特别怕冷。被风一灌，池渝皱了皱眉，裹紧被子翻了个身。

而顾渊又看她几眼，拿了新的枕巾给她垫在因为吃药而洒到了水的地方，这才往自己那间小屋走。原先想着抓紧时间休息一下，也不至于白天太没精神，不料他刚刚转身，就听见床上的人咳得撕心裂肺。

顾渊只得回来把池渝扶起，让她坐好，拿着被子给人裹了一圈，然后抱在怀里。因为隔着厚棉被，顾渊抱得有些吃力，手几乎环不住她。

他想了想，把她的头靠在自己肩膀上，稍微把她身后的被子拉开了些，一下一下拍着她的背给她顺气。等顺好了，想把人放回去，然而，刚一放下去，她便又开始咳。

对着天花板翻了个白眼，顾渊长呼一口气，不情不愿地坐了回来。

依然是那个动作。

池渝的额头正好贴着他的侧颈，滚烫滚烫的，那种不属于自己的温度让他下意识地想去排斥。

可即便再怎么觉得不舒服不习惯，他也并没有真的推开她。

手上的动作很轻，脸上也没有表情，这幅画面看起来安静温馨。可顾渊的心里其实是很郁闷的，他并不喜欢照顾别人。

或者说，只要是麻烦的事情，他都不喜欢。

月光透过浓雾照进来，混合着床头灯，洒了屋内一片昏暗的冷白色。

那双依偎着的影子，因为床上的褶皱而起伏，看起来并不整齐。

池渝的呼吸逐渐变得均匀绵长，比起之前好了很多，至少不再是不适难忍的样子，可顾渊还是没有放开。

他轻轻闭上了眼睛，光源自上而来映出睫毛的投影打在眼下，合着黑眼圈一起，让他看上去有些疲惫。

顾渊从来都是自带压迫感的存在，从前有人说过，别人没有表情看起来最多就是冷淡，而他没有表情，看起来是很凶的。可今天大概是个例外。

没有露出小梨窝，也没有现出小虎牙，顾渊只是这样坐着，整个人都乏得很，眉头也微微皱起。放在平时，让人只觉严肃的一张脸，在这时候，却莫名给人一种温和的感觉。

此时的顾渊，看来就像是睡熟了一样。

他依然在为她拍着背。

动作很轻，一下一下，眉眼间明明是不耐的，整个人看起来却意外的温柔。

温柔得不像他。

3.

兴许是因为太久没生过病，一烧起来就比较严重。

池渝缓缓睁开眼睛，脑子还有些昏沉，整个人都迷迷糊糊的，也不晓得具体时间。她只知道，自己好像睡了很长的一觉。

一觉醒来，就听见身边有人在吐槽。

顾渊抓着她的手臂，如果没记错的话，那应该是她被大鸟抓伤流血的地方。过了一天，那道口子按道理应该要结痂了，可她没处理好，加上前一天顾渊没有发现，让她这样睡了一个晚上，导致伤口和衣服已经黏在了一起。

“嘶……”池渝疼得倒吸了口冷气。

顾渊满脸的不耐烦：“别乱动。”

他吼完，她真的就不动了。

瞥了半睁着眼的人一下，顾渊又转回来，小心翼翼地拿着碘伏擦那个伤口，一点点把被血黏住的衣服剥离开。这样当然会疼，可总好过让伤口顺势长下去。

“我知道你蠢，只是没想到能蠢成这样。既然被抓伤了，不会把袖子卷起来吗？既然都到了那个房间，不会拿清水多冲一下？随便擦擦就完了？”顾渊念了几句，转头看见一脸虚弱的人，心里堵了口气，到底还是把“毒蛇信子”收了回去，“算了，反正现在说了你也听不见。”

顾渊默道，脑子都烧糊涂了。

明明不是什么好话，池渝却听得有点儿感动。

顾渊或许真的不是坏人，只是说话毒舌、处事冷漠，好得不大明显。

池渝刚刚在心里这么认定，就被他晃了起来。

“喂，既然眼睛睁开了，那就快点儿起来，把药吃了。不然我喂一次你咳一次，等会儿别把肺吐出来。”顾渊给她的手上绑好纱布，转身拿了水杯和药。

池渝眨眨眼，撑着身子坐起来，动作机械地接过水和药。

张嘴，发现自己的嗓子干得难受，嘴唇也干裂破皮了，舔一舔还有血的味道，胃有些抽，吞个口水都想干呕。

于是池渝一下子忘记了药，端起水杯就把水给喝了。

顾渊完全不懂她的心理活动：“干吗？水就这么喝了，药你打算干嚼？”

池渝短暂地失去了思考能力，只捕捉到了两个字，把药往嘴里一扔就开始嚼。只是，没嚼两下，她脸色一变，往床边上一俯对着垃圾桶就开始吐。

顾渊：“……”

揉了揉额角，他一脸认输的表情。

“行，你厉害。”他从她手上拿过杯子，“你等等，我这儿没水了，去外边帮你拿一杯。”

池渝乖乖躺了回去。

也不知道是看岔了还是怎的，在顾渊开门关门的时候，好像有一个船员往她所在的方向瞟了一眼。顾渊关门很快，那个身影一闪便过，池渝没有办法确认。

她等了会儿，眼睛有些累，很快又沉沉睡了过去。

也是因为这样，她终于知道，自己睡着的时候，顾渊是怎么给她灌药的。

被水呛得咳个不停，池渝觉得自己的脑子都跟着咳得一震一震的，缓了好一会儿才缓过来。而刚刚停下咳嗽，就被人塞了一碗粥在手里。

“现在温度刚好，可以自己喝的话，就不用我喂你了。”

池渝：“……”

她声音沙哑：“我没醒的时候，你都是怎么喂的啊？”

顾渊一脸的理所当然：“像刚刚给你喂药那样啊。”

池渝：“……”

“那叫喂吗，你那不是灌进去的吗？”

顾渊很轻地笑了一声，却是气势凌人的模样：“你是我谁啊？还得给你小心伺候捧在手心？能把你找回来，没饿死你还给你吃药，就知足吧。怎么，还挑？”

池渝沉默了一会儿，自己想了想，觉得他说得很有道理。

而顾渊不过刚刚说完，就意识到自己说话重了，心想，她好歹是个病人，还是个女孩子，也许他这么讲，是有些过分的。

顾渊环了手臂，本就有些尴尬，这下见她低头不再说话，更加不知所措。

于是，他轻咳一声。

可顾渊大概真的没有点亮“好好说话”这个技能，即便是出于好意，也像是要找人吵架。

他说：“怎么不说话？又在腹诽我什么呢？”

“没有啊。”池渝喝一口粥，“我觉得你说得挺对的。”

她诚恳道，“谢谢。”

顾渊微愣。

其实他刚刚那句话不过是因为不耐烦随口说的，他脾气不大好，语气经常很冲，有些时候，即便是熟悉的人也受不了。而即便后面反应过来，可很多话说了就是说了，又不是网络社交，发出去还能撤回。

“你怎么这个表情？”池渝这么问。

她是真的不解，却没想到顾渊忽然笑了笑。

“你脾气还挺好的？”

“是吗？”池渝歪着头想一想，“其实也没有，我经常很暴躁。”

“是吗？”顾渊略作沉吟，“那我这么说，你还不生气？”

“生什么气？你又没说错。”

说完，她把喝完的粥碗递过去，感觉精神好多了，也忽然想起来什么。

“哎，之前我睡你床上，你睡的哪儿啊？”

“喏。”顾渊指了指里间，“对了，我睡了一晚，发现里边怪冷的，所以拿了一床被子进去。不过，你之前怎么没和我说过？”

池渝挠了挠头：“你不是觉得我麻烦吗？”

顾渊一滞，顿了好一会儿。

“反正都已经这么麻烦了，也不差这么一件小事儿。以后，你要是再有什么，和我说就行了，免得等你回去变得半死不活的，像我怎么着你了似的。”

池渝有些惊讶：“你什么时候开始行善积德的，这么乐于助人？”

顾渊舒出一口气，望天，再低头时带上一个温和的笑：“我说，你和我说就行，又没说我都会满足你，哪来的这么多自恋的想法？”

池渝抖了抖。

不是，你这话和你这表情也太不搭了吧？前一秒还好好的，下一秒立刻变脸，这怕不是个小公主。刚想到这儿，池渝自动在心里给顾渊配上了蓬蓬裙和皇冠，顺便也脑补出了个粉色的滤镜和漫天花瓣。

接着，她整个人抖得更厉害了一些。

毕竟这画面可以说是很惊悚了。

“怎么，还冷吗？”顾渊迟疑地问。

却不想池渝看他一眼，就立刻移开了眼睛。

“没没没。”边说边忍笑，她捂着脸，“我有点儿抽，你别管我。”

顾渊满脸疑惑，却到底没问太多，拿了碗便出去洗了。

4.

池渝从醒来一直笑到晚上，而顾渊一直到晚上也不知道她到底在笑什么。

兴许是这两天睡得太久又太死，好不容易恢复了点儿精神，现在反而睡不着了。

从昏沉中恢复了思考能力，池渝忽然想到一个问题——

如果顾渊这几天都睡在那个房间，那么她藏在床垫下的手稿呢？他发现了吗？

池渝倏地一弹，心里打起了鼓。这些事情，没想到或许没什么，可一旦想到了，就会让人各种不安心。

池渝觉得，自己得找机会把手稿拿出来，重新藏一下。还有手机的云端备份，她也得和朋友去说一声，让他帮她下载下来。这么想着，她叹了一口气。

顾渊待在小隔间玩手机，倒也没关门，池渝坐起来，往里边瞟了瞟。

“没睡呢？”

“嗯。”

“好无聊啊，没事情做，不如我们聊聊天吧？”

“没事做？”顾渊心不在焉，“玩手机啊。”

池瑜表现得十分郁闷：“我的手机被鸟叼走了。”她补充道，“就是抓伤我手臂的那只鸟。”

顾渊接得毫不犹豫：“这有什么影响，你脑子不也被鸟叼走了吗？”他冷哼一声，“伤成那样也不知道拿水洗一洗、也不知道自己包一下，尽会给人添麻烦。”

池瑜：“……”

“不然你把你手机借我玩，你下午自己说的，有什么事情和你说一声就行了。”

“嗯，记性不错。”顾渊说，“那你也应该记得，我说了，你讲了我也不一定会答应你。”

池瑜用眼神对着那扇门发送怨念光波。

然而，她不过发送到一半，就看见那个人走了出来。

顾渊把手机抛给她，池瑜下意识地伸手接住。

“干吗？”

“给你玩呗。”

池瑜心底一紧，却装作若无其事：“那你密码多少？”

“你猜。”

“……”

她一个白眼还没翻出来，他又开了口：“如果猜不出来，那就聊天吧。”

顾渊坐在了床边，用手撑着膝盖托住下巴，微微歪着头看她：“你想聊什么？”

这个姿势很随意也很放松，比起平日里板着脸做出的威严真是平易近人太多，甚至有一种学长的感觉，让人很想亲近。

池瑜转着顾渊的手机：“这儿信号这么差，你每天玩手机，能玩些什么啊？”

“玩不了什么，就拿着随便看看。”顾渊瞥她一眼，“不然你以为干什么？看故事？在睡不着的时候看《白雪公主》和《灰姑娘》？”

“什么？”池瑜觉得这句话有点儿熟悉，一时没缓过神来，等想起来之后，她有些惊讶，“你这不会是在说那天做噩梦被我叫醒的事情吧？我就随口一说，你记性也太好了。”

顾渊装傻：“我不记得，随便说的，你在说什么？”

相处了这些日子，池瑜大概摸清楚了他的性格，也不在意，只是忽然对一些事情产生了一点儿好奇。

“对了，听你上次的意思，你经常做那个噩梦？”

顾渊“嗯”了一声，很无所谓的样子：“只是以前没人叫醒我，我就算梦得累，睡得却也还行，不至于大半夜被叫醒了失眠，弄得第二天一整天没精神。”

池瑜撇撇嘴：“骗人，你说是这么说，可明明害怕得发抖，醒来之后的表情我到现在也没忘。顾渊，在那时候，你很希望有人能叫醒你吧？”

原先一直低头玩手的顾渊，听到这句话，动作停了停。

他轻笑一声：“池渝，有没有人和你说过，有些话是不能说的？就像未知又不透明的塑料薄膜，也许你就是顺手一戳，但可能里边有什么东西，就是被这一戳害死的。”

房间里开了顶灯，光线自上打下来，池渝能看见顾渊乌黑的头发上反的一圈光，也能看见此时此刻他的表情。他一点儿细微的变化，她都看得清清楚楚。

她能感觉到他的不平静，虽然，他面上看起来平静得很。

池渝觉得自己说错话了。

每个人都有一些不能提的事情，她或许不应该因为一时的大意去碰他的不能提。

只是……

虽然这么说像是推脱，可在这之前，她是真的不知道一个梦对他的影响能大成这样。

又或者，对他有影响的不是这个梦，而是梦后面的故事。

但现在，池渝对那个故事不感兴趣了，不是不好奇，而是不想因为那心血来潮产生的好奇心影响他，不想再次看见那样的顾渊。

顾渊自己平复了一下心情，抬眼望向池渝，正巧看见她眼里的关心。

微怔，原本挂着那分似有似无的笑意慢慢加深了些。虽然仍是浅的，却比之前真切多了。

“喂，你这什么眼神？”他揉了揉她的头发。

“对不起啊。”她低着头道歉。

他叹一口气：“对不起这三个字说得挺顺溜的，怎么，经常说？”

“嗯，我不会说话，经常说错话。”她垂着眼睫，半真半假，“果然，我还是不说话的好。”

“其实也没什么，是我反应过激了。”他垂下眼睫，像是对自己说的，“都过去了。”

本是想让她不要自责，他说完却怔了怔。

是啊，那些事情，早就过去了，他从来都是知道的。

过去的事情，虽说磨灭不去，可他早就可以面对了，只是他一直不愿意而已。

为什么不愿意呢？那个怯懦的孩子已经长成有能力保护自己和身边人的大人了，现在的他早没什么好怕的了。

也许，试一试，会发现那些都不过了了而已。

这一刻，顾渊第一次有一种想要试试的心情。

他想试试，去正视那些下意识的逃避。

5.

他在弄乱她的头发之后，又慢慢把它们理顺。

短短几分钟，他像是变了个人。

“不过你说得没错，我是很希望有人能叫醒我。不是聊天吗？那么，聊聊这个吧。”顾渊耸了耸肩，“其实以前，我被吓醒过。”

池渝欲言又止，最后还是在顾渊的示意下问出来的。

她小心翼翼地开口，生怕又戳疼了他：“以前吓醒了，你做什么？”

被她这副模样逗得乐了好一会儿，顾渊笑着回答：“我出去数星星。”

除了孩子，谁会无聊到去数星星？更何况是在这样的地方，它们并不稀疏，反而密集得很，数不清的。

池渝歪歪头：“数星星？数得清楚吗？你会记得自己数过哪一颗吗？”

“数不清。数过的星星，有时记得，但大多数时间都不记得。在我眼里，它们都长得一样，哪里知道哪颗是哪颗？”

“那你还数？”

“不然能怎么样呢？不数星星的话……”

池渝才在他的身上看见一点儿脆弱的影子，下一秒就听到他说出呛人的话。

顾渊有些不屑似的："数月亮，那是傻子。"

池渝被噎了一下："我是说，你就不能好好看星星吗？数什么数。"

"我看你还真是个傻子。"他环住了手臂，"哪个数星星的人是为了数清楚它们的？"

"那是为了什么？"

顾渊瞥她一眼，不再说话。

没有哪个数星星的人是真的想弄清楚天上具体有多少颗，他们有些是无聊，有些是需要借此转移注意力。他们的目的，和那些看星星的人，从来都是不同的。

看星星的人觉得他们不可理喻，因为他们以为大家都一样，以为一个人做一件事，就真的只是在做那件事；以为一个人看着一件东西，就真的只是在看那件东西。

会有这样的理解，他们是幸福的人。

"喂，你从小到大，被保护得挺好的吧？"顾渊忽然开口，问了句与前面的话题完全没关系的话。

池渝想了想，笑开来："对啊，超级好！我家里特别疼我，我做什么，只要错得不离谱，家里就都支持。咦，说起来，我每条路走得也都很顺，就算有些什么弯弯绕绕，也在正常的范围里，完全承担得住！”

池渝说话的时候，顾渊一直在看着她，这家伙的注意力真是容易转移啊。

看了半晌，顾渊才笑着点点头。

真好啊。

“不过你问这个干什么？”

顾渊敛了眼神里的羡艳与温情：“没什么，就是确定一个问题。”

“什么问题？”

“想确定看看，是不是什么都是有道理的。”他说着，点头，“发现还真是。”

没遇见过曲折，没经受过折损，没有被污浊浸染，所以她能够保持着最本真的样子，全力奔跑去追逐自己的梦想和坚持。不像他，一路走来，能够保持走直路不岔进那些弯弯绕绕都已经很吃力了。

可即便是这样辛苦，顾渊也并没有把一切艰难都归结在外物上，他依然认为池渝很难得。世界上存在着无数种诱惑，在每一个转弯的路口，都摆着无数种选择。

她或许有人庇护，或许有些运气，可选择是自己做的。即便她说自己一路顺利，可再怎么笔直的树枝也都会有些细小的枝杈。

就像路上会遇到的每个路口。

从过去到现在，不论是走在哪条路上，总有岔路，而她没有去走。

池渝选择直行，没有犹豫，毫不迟疑。

拥有这样的心性，本身就不容易。

顾渊忽然对她有些羡慕。

先天和后天，他都挺羡慕。

顾渊从前没想过，自己有朝一日，竟然会羡慕这样一个麻烦精、胆小鬼、顽固虫。而且，关键是，这个人的反应也慢得要命，又不会说话，某些时候甚至会让人觉得蠢。

池渝打了一个喷嚏，揉了揉鼻子：“我怎么觉得你在心里骂我？”

“没有，你想多了。”顾渊淡定地移开视线，心道，我只是在心底做了对你的客观评价而已。

池渝：“……”

“你果然是在心里骂我吧？”

看她一脸认真的样子，顾渊没忍住笑了出来。

之前的沉重感都被这一笑打散，顾渊觉得，原来面对从前也没他想的那么难。

“行了，快睡吧，时间也不早了。”

“等一下！”池渝没有忘记自己的担心，她站起身来，“我烧也退得差不多了，老这么麻烦你也不好意思，不然今晚我们还是换回来吧？睡了那么久的里屋，一下子睡外边，还挺不习惯的。”

顾渊下意识地想说不用，却又想到什么。

也许，麻烦他是假，不放心他才是真。

迎着她亮闪闪的眼睛，顾渊伸个懒腰往床边走：“行啊，正好那里面我睡得也不舒服。”

“还有……”池渝看起来有些不好意思，“到了下个港口，手机能借我用用吗？我得和朋友说说这事，不然怕他不放心。”

顾渊应道：“行吧，到下个港口给你用。”

“谢谢。”说完，池渝将手机还给顾渊，转身就走进里屋。

却不料顾渊忽然开口唤住她。

池渝疑惑回头，看见他一脸戏谑的笑。

“对了，你现在睡不睡得着，还要不要我给你讲故事？《白雪公主》和《灰姑娘》你挺熟了，那么，《睡美人》还是《海的女儿》？”

池渝翻了白眼，回身关门，动作一气呵成，隔着门板对他比个小拇指，很幼稚。

顾渊对着门板，笑意更深了些。

然后，他嘴唇微动，无声地说了两个字——

“晚安。”

晚安，池渝。

第五章

YUANLAITAYEXIHUANWO

可以试着信你，是什么意思？

1.

这两天，顾渊一边要照顾池渝，一边又要忙着准备停靠补货，眼看着黑眼圈慢慢变深，原本就不好的脾气也更容易一点就着。

只是，池渝也不知道是自己的错觉还是真有这么回事，她觉得顾渊虽然不耐烦，面对她的时候却多了点儿耐心，至少不再动不动就一副要打人的样子。

对此，她觉得很惊喜。

只是，当这种惊喜一点点加深，她也就开心不起来了，甚至慢慢生出惊吓的感受。

“你不是真的要给我讲故事吧？”夜里，池渝抱着被子，满脸疑惑地望着坐在床尾的顾渊。

“怎么，你这几天不是抓着我问海域的情况还挺感兴趣的吗？现在又不想听了？”

“你不是懒得说吗？”

顾渊倒在床尾，躺得舒服又放松：“今天好不容易忙完了，就和你说说呗。你知道吗？昨天我们行过的那片海域就是阿拉伯海，前两个月在岸边被渔民发现过人腿鱼身怪。”

“真的假的？”

“骗你做什么？”顾渊稍稍斜了眼睛看她，“听说那东西挺长的，照片我也看了，确实是长着两条人腿，也不像是吞了人的巨型鱼。怪稀罕的，前几天吃饭的时候他们在说，我就凑过去听了听。”

池渝满脸兴奋：“这是不是传说中的 USO？”

顾渊挑眉：“你还知道 USO？”

“不明潜水物嘛，包含很多种类，也包括水怪！我对这些东西超感兴趣的！那些未解之谜，比如神秘异象、宇宙空间，都很吸引人啊。对了，还有龙！”池渝提到这些，眉毛都飞起来，“你相信这个世界有龙的吗？”

顾渊认真地点了点头：“信。人是很主观的存在，靠着触觉、味觉、嗅觉、听觉来定义自己所看见的世界，但或许在这之外，还存在着不能被感官所发现的生物。就像属于二维空间的蚂蚁，它们的世界只有平面，将它们捏起来，它们就进入了另一个世界。也许我们也是一样的……”

大概是身边相同爱好的人少，加上一提到感兴趣的东西，池渝就会变成话痨。

顾渊这次找她，不过是想借着机会给她透露两个消息，随便找一句话开头而已，却没想到她会这么感兴趣。

这一瞬间，他觉得她的眼睛都亮了。

池渝惊喜地跳起来：“那你也相信四维空间吗？”

与我们生活的空间不同，四维空间里最重要的要素是“时间”。在三维空间，我们只能在空间中来去自如，对于时间却只能顺着它走，而在“四维空间”的假设里，时间也是一条轴线，它是可逆的。

“嗯，不是有一个说法吗？平时生活里，我们不太能感觉到时间的存在，毕竟地球上时间过得很慢，可一旦参照速度接近光速，对比就会异常明显。可惜爱因斯坦的广义相对论，对于绝大多数的普通人而言，只是一个论点而已，没办法亲身体验，所以说起来也很远。”顾渊说着，忽然转头，“你是学理科的？”

“不是，我读的文科，新闻系，毕业工作完全对口。”池渝歪歪头，“不过这和学什么有什么关系？这些东西本来就很吸引人，比较感兴趣而已。”

顾渊笑笑：“对这些感兴趣的女孩子还挺难得的。”他说完，又想了想，“不过，对它们感兴趣的男孩子，我也见得少。”

“看你的样子，你也很喜欢这些吗？”

“嗯，喜欢，只是从前没人和我聊。我身边的人总说这是没所谓的话题，要么就拿它打趣，问我为什么不去学天文，为什么不努力往天文学家的路上走。”他叹了口气，“其实他们说得也有道理，我当初为什么要去学海洋科学呢？”

“海洋科学？听起来很厉害的样子。”

“也没有，你觉得我现在很厉害吗？我现在的工作就和专业挺……也不算‘挺’，勉强有点对口吧。”

池渝闻言一个翻身坐到了他的身边：“厉害啊！”

“并不厉害，每个人擅长的不一样，所处的领域也不同而已。就像你会的，我也不会。”

“那你喜欢你的专业吗？”

“喜欢啊。”顾渊答得毫不犹豫，“毕竟，这个专业相关的是大海。”

“你这么喜欢海吗？”

顾渊长长地舒了口气：“我小时候过得很不愉快，所有稍微好一些的记忆都与大海有关。当时，我甚至想过，如果可以，我这辈子都不想下船。”他顿了顿，“只可惜，后来我的养父不是海员了，离开待了半辈子的货船，没过几年，他就走了。”

他抿了抿嘴唇：“其实，他本不该那样离开的。”

顾渊小时候是被拐带出国的，原本应该被卖到哪个地方换钱，然而人贩子在索马里被发现而遭到追捕，于是他也就在索马里被人贩子丢下。

他被丢在博培拉港口附近。当地并不安全，时常发生动荡。记忆中，那儿很晒，他没水也没食物，经常是虚脱地趴在地上，皮肤也曾被地面烫伤溃烂。就这样，他度过了很长一段难挨的时间，那段时间里的经历，也就是他一直不愿意面对的噩梦。

还好遇到了养父，一个老实憨厚的鳏夫。

养父是个当了一辈子船员的老实人，却在后来，因为航船上的货物出了问题而被推去顶包，从而被航船开除。

但养父的这辈子早就奉献给大海了，离开大海，他什么也不会。无奈之下，养父加入了一个组织，当了海盗。两年之后，良心不安，脱离出来，却再干不得其他的事情。

好在这个时候顾渊也长大了，不用再让养父为之操劳，偶尔还能拿些余钱回去补贴家用。

虽然，他拿回去的钱，养父除了日常必需的花费，其余的半分都没用过。养父日益消瘦下去，到了最后，瘦成了皮包骨的模样。

兴许是已经将顾渊养大，养父见他已经可以独当一面，于是了却了执念，郁郁而终。

后来的顾渊，依照养父的遗愿，将他的骨灰和着泥土栽了一棵树，就种在海边。那棵树很矮，也不挺拔，像是一个岣嵝着身子、眺望着大海，却永远无法再次靠近的人。

也是那时候，顾渊越发感觉到了不公平。

真是不公平啊。

明明不是真的，却没有人在乎。

明明是无辜的，却要寂寂死去。

池渝安安静静地坐在一边，就这么看着顾渊。

他依然是平静的模样，连眉头都没有皱起半分。

顾渊好像从来都是这样的，不管说什么，面上都是不悲不喜的淡淡样子，叫人看不清他真正的想法。

可看不到，不是感觉不到。

看是用眼睛，而感觉靠心。

“你知道我为什么准你留下来吗？”顾渊忽然望向她。

池渝看着顾渊慢慢坐起身子，双手撑在身侧，与她平视。

她问：“为什么？”

他看着她，眸色有些幽深。

也许很多人都说这个社会污浊，浑浑噩噩、迷蒙不清，睁开眼睛，闭上眼睛，都是过日子。的确，许多事情不去论个究竟，要更轻松一些。

话是没多大错，就算有什么错，但许多人都是这么做的，当一件事情被大部分人所接受，错也就不成错了。

可那又怎么样呢？在此之外，总有一部分人在乎真相。

这也是他留她下来的原因。

池渝的眼睫一颤，心里没由来地打起了鼓。

顾渊应该不知道她的来由，可此时此刻，他的眼神却给她一种洞悉一切的感觉。

“你为什么让我留下来？”

顾渊不答，只是摇了摇头。

作为大副，货运这一块他是主管，如果货运出了问题，即便他是真的毫不知情，可能也有人不会愿意信他。可他还是想要把事情弄清楚，真有什么事情，大不了担着，总比重复过去，还站在自己不喜的位置要好。

有时候想一想，他莫名会有些庆幸。还好来调查的人是池渝，不是资历深厚的老鸟，否则等到对方把所有事情摸清楚之后才摊在他的面前，他可能也会不知道该怎么办。

从始至终，他厌恶的、在乎的这么多事，他全然不知，那种感觉恐怕真会很不好受。

“你……”

“没什么。”顾渊挠了挠头，“今晚上情绪不对，随便说一说。”

事情发生之前，考虑得再多都不实际，还不如先做了，等到时候再看发生了些什么。左右他已经有了心理准备和预期，不论要发生什么，他都可以接受。

那么，剩下的也就不重要了。

“明天就到下一个港口了，你待在这儿，别给我添乱。”顾渊若有所思似的，“对了，你在这儿住着，真的没被别人发现过吗？”

“怎么了？”池渝忽然有些紧张。

“没什么，最近有一个叫孟坤的，我今天遇见他，看到他站在我房门前往里面看，我过去拍了他一下，他转过身看我的眼神不大对劲。”

“孟坤？”池渝在脑海里搜索这个名字，不一会儿就想了起来。

她虽然不认识这个人，但这个名字她可是熟得很。

因为这个人，在她的怀疑对象里排名很靠前。

“怎么，不对劲？”

“也没什么，可能是我想多了吧。”顾渊状似无意地耸耸肩，“没什么事就早点睡吧，时间也挺晚了。”

池渝虽然不知道顾渊到底什么意思，却也默默进屋子翻了以前的备份笔记，在那个名字上又多圈了一下。

在笔尖离开纸面的同时，她的眼睛也移到了“顾渊”这个名字上。

“顾渊……”

池渝看着这两个字，白纸黑墨，那个名字被映在她的眼睛里，轻轻一眨，就幻成了一个具体的人。作为记者，她的直觉向来很准，但在直觉之外，更重要的是证据。

到底人心隔肚皮，谁也说不清你面前站着的到底是个怎样的人，是本性如此，还是演技精湛。她不是圣人，直觉再准也不过是直觉，主观性极强，在这样的条件下，谁也没有办法一眼看透人性。

可这次，她有一种冲动。

她想信他，即便她对他并不是那么的知根知底，即便现在他的嫌疑依然很重。

2.

今天是装补货物的日子，有了上一次的经历，池渝也知道，这一天会很忙。

她坐在小小的隔间里，对着笔记咬笔盖。拿着搜集的资料，一个名字一个名字对着。只是没有手机到底不方便，她上船之前调查过出问题的具体时间，因为太过复杂，没有记在本子上，所以暂时也排查不了。现在看这些人，个个都越来越有嫌疑。

池渝在想问题的时候有咬笔的习惯，也被同事说了许多次，不卫生，看上去也不成熟像小孩子。她也想改，可习惯性的动作往往是无意识做出来的，不是说改就能改得掉。

她在纸上认真地写写画画，把最近得到的信息排列出来，逐个逐个和纸上的记录对比，并没有注意到周围的动静，更没发现，身侧不远处，顾渊抱着手臂靠着门已经站了很久了。

在她第五次忍不住咬笔的时候，顾渊叹一口气，过去拉住了她的手，制止了她把笔尾往嘴里送的动作。

“喂。”

池渝抬头，心惊的同时飞快地合上本子。

“你你……你怎么就回来了？今天这么快的吗？”

“嗯，今天的事情比较少，动作快了一点儿，真是不好意思啊，我下次拖一拖。”

池渝尴尬地笑了笑，把本子往屁股底下塞了塞：“我不是这个意思。”

顾渊毫不在意地耸了耸肩，像是没看见她的动作，也没看见她藏起来的东西似的，拿出手机划了几下递过去。

“喏。”

池渝顿了一会儿，接过来。

她的确从靠岸起就在想问顾渊借手机的事情，本打算等他忙完回来装作不经意问一问的，没想到，她还没开口，他就直接给了。

池渝望一眼手机，望一眼顾渊：“那我用了？”

顾渊皱眉：“就是让你用的啊，不然拿给你干吗？看童话故事？天还没黑呢。”

池渝眨了几下眼睛，抿了抿嘴唇，拿顾渊的手机发了一条信息，在看见回复之后松了口气，删完信息就还给他。

而顾渊虽是站着的，倒也没往屏幕上看，反而侧过了身子。

池渝抬头，眼前的人虽然喜欢和人抬杠，但是很多时候还挺绅士的，不管在什么地方，他对事的态度都是一致的。

她说：“谢了。”

顾渊接过手机，放在指间转了两下：“我说，你要不要去配一部新的？”

池渝犹豫了一会儿：“方便吗？”

她问方不方便是怕麻烦顾渊，即便在船上与他打交道多时，但这也并不代表有多熟悉，更不代表他们就是可以任意麻烦对方的关系。池渝对这些一向是拎得清的。

然而顾渊的脑回路显然和她不大一样。从来都嫌她麻烦，从来都不喜欢麻烦，可这一次，他像是完全没有意识到这是件麻烦事似的。

“还行吧，国外的手机买回国内也基本能用，只是注意一下网络制式就好。国外用得最多的那个制式，国内只有一个通信的网络还行，用流量会有些不方便，有点儿贵，但也不算麻烦。你买个便宜点的将就一下，回国再换就行。”

“难道你没毕业没钱？”他瞥她一眼，“不过你妈妈在国外，找到她的话，即便再怎么铁石心肠，也不会因为这个而把你放到外边去流浪吧？”

还好池渝的记性不差，不然，就那些随口说说的话，她恐怕都要忘记自己当初是怎么编的。不过，就算她没忘，也还是觉得顾渊有点儿不可思议。

这个人，怎么能什么都记得呢?

要说他是因为信了她才能记住，那还不如说他是信了鬼。池渝虽然不明白他为什么会把她留下来，却也知道，绝不可能是因为那些话。

“怎么了，到底去不去？”

“去！”池渝一口应下，“对了，我要不要换那套衣服？”

顾渊斜了她一眼“废话，不换的话你要给我惹多大乱子。”

池渝“哦”了一声：“那你不出去？”

顾渊闻言又斜了她一眼，看起来多嫌弃似的，微红的耳朵却泄露了他的几分局促。

听见关门的轻响，忍了许久的池渝终于憋不住笑了出来。她是真的没有想到，他居然会有害羞的一面。

3.

即便是最便宜的手机和卡，池渝现在也是没钱支付的，于是弄完之后，她的第一反应不是发信息告诉朋友，而是先戳了戳顾渊的肩膀。

“你的号码留给我一下？”

顾渊转身：“干什么？”

“等我回国把钱还你。”

顾渊朝池渝摊开手，池渝很有觉悟地双手递上手机。

输完号码，顾渊将手机还给她，朝远方看看：“现在离开船还有时间，去走走？”

池渝有些惊讶，一句“带我吗”都到了嘴边，然而在开口之前，她仿佛预先看见了顾渊的嫌弃脸。于是，她一句多的话都不说，只是默默点头：“好的。”说完又补一句，“谢谢啊。”

却不料顾渊露出她先前预料的表情：“我说带你了吗？”

池渝：“啊？”

不带我？那你刚才问我是做什么？

“算了算了，看你一脸想去得要死的样子，一起走吧。”

池渝：“……”

这个人啊，永远都有本事把好好的气氛搅得尴尬又不和。

“走吧，去个近点的地方。哎，正好车来了，上去。”

顾渊拉着池渝，急急地赶上那趟巴士。

其实巴士很空，人也不多，只是离他们站的地方还有点儿距离。

司机大叔大概是看见他们跑得匆忙，在他们上车之后，笑出一口大白牙：“Don't hurry,we still have a little time.”

顾渊礼貌地道了谢，转过头，看见池渝满脸都是“没听懂”。

于是他在与售票员买票的同时，冲她挑眉：“听不懂？”

池渝诚实地说：“有点没反应过来。”

“这边的人说英语都有点口音，毕竟这不是他们的常用语言，反应不过来很正常。我第一次来的时候也很蒙，总觉得从他们的语调上听出了咖喱的味道。”他说，“不过这里的人大都淳朴热情，就算是第一次来觉得不习惯，但简单比画一下加上多说几遍，互相也能懂个意思。”

这里的巴士和国内的公交车不同，车身装着七彩炫光灯，音响声音开得很大，震得人耳朵疼。池渝看了一眼就移开，觉得有点眼花。

“往后走走。”顾渊让她走在自己的前面。

然而池渝一个踉跄着差点儿跌倒，顾渊眼疾手快地扯住了她的手臂。

“司机开得挺快啊。”池渝刚刚站稳，又被颠了一下，“也挺猛的。”

“当地都这样。”看着池渝落座之后，顾渊在她身边坐下，“就当是一次新奇体验吧。”

池渝点点头，望向窗外。

和观光巴士不同，这辆巴士走的线路不是景点区，但科伦坡的建筑风格和国内差别还是挺大的，池渝吹着风看着外边，之前因为过于炎热而生出来的躁意也消下去了几分。

“其实在这儿，没空调的巴士会有些难受。”顾渊拿着不知道哪儿来的纸扇着风，“这里离赤道还是挺近的。”

池渝喃喃念：“赤道，以前只在地理书上看见过。”

顾渊笑了笑，大概是因为太热又没喝水，有些干，他舔了舔嘴唇。

“前几天你不是还路过它了吗？”

“是哦……”池渝忽然有点儿兴奋，但很快又想到什么，“对了，你刚才给我办手机，为什么一直对那个售货员摇头？”

“国家之间的差异吧。”顾渊说，“在这里，摇头和点头的含义与中国是相反的，摇头表示是，而点头代表不是。”

见池渝感兴趣，他继续跟她简单讲了些当地不同的习俗，池渝听得啧啧称奇。

有风从外边吹来，干干热热，却也舒爽。

池渝侧过头来，把被风吹到眼前的头发拨回耳后：“你是不是去过很多地方？”

“很多。”顾渊直视着前方，“可我不像那些旅者，我去过的地方也不过就是去过，没在哪儿多停留过。跑了这么久，我待得最多的地方还是在船上，看得最多的也还是大海，对我而言，不管身处大西洋还是印度洋，我看见的景色都是一样的。蓝、波浪、云，还有海鸟。”

车子转了个弯，阳光从窗边洒进来，顾渊转头，想去拉车边的帘子，正好对上池渝的目光。她看人很专注，不管是聊天还是倾听，都很专注。

这样的专注让人很舒服。

顾渊愣了一瞬，立刻移开了视线。除非必要，比如在船上颁布命令和与船员们商议事情，否则，一般情况下他并不喜欢和人对视。

大概还是小时候的经历所致，他总觉得，会在别人的眼睛里看见看垃圾的眼神，即便这些已经过去很久了。

有人说，小时候的可怕经历，会伴随一个人的一生，不论那个人日后变得有多强大。

有人不信，觉得夸张，可经历过的人会知道，这些都是真的。

“把帘子拉一下，有点晒。”顾渊说。

而池渝乖乖转身去拉帘子。

他看了她一阵，又在她转回来的时候移开目光：“我来得最多的，应该就是科伦坡了，因为我们在这儿的休息时间比较充足。我闲不住，就想到处走走，所以也比较熟悉。”

池渝刚刚准备说什么，却在开口的瞬间又闭上，屏住呼吸。

与此同时，顾渊也忍不住皱了皱眉头。

两人同时把视线移向身侧不远处，又同时移回来。

“这边的人，体味比较重。”顾渊凑近池渝，很小声地说了一句，而池渝点点头，一脸“我已经知道了”的表情。

“不过我们下一站就下了。”

巴士又一个拐弯，有风从那个方向吹来。

两人同时屏住呼吸，又在对视的时候相互笑了笑。

有一种“尽在不言中”的微妙。

4.

等到下车的时候，池渝满心都是“得救了”的感觉。

“其实我觉得你挺让人意外的。”顾渊打量她几眼。

池渝缓过来了气：“怎么？”

“第一次见你的时候，觉得你虚虚柔柔的，智商也不怎么行，还担心留着你会出什么意外。但是，你的表现挺让人吃惊的。还有这个，第一次坐这巴士的时候，我都有些不适，可你居然也没什么感觉似的。”

池渝不知道自己是该反驳还是该感谢，只能干笑两声：“其实我觉得你也挺让人意外的。”

“哦？”

“意外的幽默。”

意识到自己被讽刺了，顾渊也没有别的反应：“我觉得你可以试着相信我，就像你现在无意识表露出来的一样。”

池渝微愣，总觉得他在这个时候说出这样的话是别有深意，可具体的意思是什么，她又有些想不明白。

顾渊并没有接着之前的话说下去，反而向她指了指前边：“这儿是加勒菲斯广场，从这里到我想带你去的地方，走路大概是二十分钟。走过去就是贝拉湖，那边还有一座水中庙，不过庙里没什么好去的，坐在湖边看看鸟儿就行。”

“看湖？”池渝有些疑惑，“你不是每天都在看海吗？为什么坐车跑过来看湖？”

“湖和海能一样吗？就算是海面，不同海域的海，也都不一样。”

可你刚才明明说，不管在哪片海域上，你看见的风景都是一样的。池渝腹诽。

“你在心里骂我？”

池渝连忙摆手：“没有没有，怎么可能。”

“最好是没有，我告诉你，你想什么我都知道。”顾渊戳着她的额头，在心里默默加了一句：毕竟，大多数时间，那些东西都已经写在你的脸上了，笨蛋。

池渝：“……”

好吧，看在他给她买了手机和卡的份上，她就不反驳了，勉强信他有读心术吧。

还有，也勉强不说他善变。

“对了，你刚才说，可以试着信你，是什么意思？”

“就是叫你把你的表层意识和潜意识结合一下的意思。”顾渊说得理所当然，“其实你已经很相信我了，为什么硬要强迫自己继续保持对我的怀疑？虽然我并不是那么在意，但偶尔感觉到，还是让人挺不舒服的。”

“哪能呢，我特别信你啊！”池渝摆出满脸的认真，“你看，你人这么好，我怎么能不信你呢？”

顾渊看向她，几秒之后，伸手掐住她的下巴就把她的脸往另一边转。

“演得真假。”

说完，他转身就走，动作潇洒又流畅。

“跟着点儿，没钱没亲友的可怜巴巴独自寻母的穷苦同学，不然丢了没人找你。”

顾渊的语气十分平静，可池渝就是在里面听出了赌气的味道。

池渝揉了揉下巴，那儿被捏得有些疼，这让她不禁想起上一回被他弹脑门的场景。她嘟囔一声，手劲儿真大。

可嘟囔完之后，池渝的心又不自觉沉了下来。

顾渊并不是一个会无缘无故说些莫名其妙的话的人。

池渝想，他或许真的知道了一些东西，只是不确定他知道了多少。

这段路，两个人是沉默着走完的。

不同于来时的轻松，当下他们的心里好像都压了什么东西。

顾渊不知道池渝在想什么，只是他忽然意识到了自己的不对劲。

没有人会在意一个对自己而言不怎么重要的人如何看自己，但现在的池渝，于他，可能已经不处在那个“不怎么样”的位置了。

可如果不在那儿，又能在哪儿呢?

顾渊不懂，也懒得多想，只是一个人憋着气走在前面。

贝拉湖水很是清澈，水中有白鹭，或站或飞。在倒映着树影的湖面上，偶有微风吹来，让人感觉舒服又放松。

可池渝却是第一时间捂紧了自己的手机，充分展示了什么叫作“一朝被蛇咬十年怕井绳”。

顾渊余光一瞥：“那是白鹭。”

“我知道啊。”

“你觉得，它能抓走你放在口袋里的手机?你怎么不担心它抓走你的脑子?”

池渝小声嘟囔：“你不是说我脑子已经被抓走了吗?”

“你说什么?”

池渝忍了忍，没有和他吵。

顾渊大概也觉得无趣，不再和她呛声。

有一个老伯走过来，他的背有些驼，个子也不高，和人讲话都要很费力地抬起头，或许是因为如此，他额头上的皱纹看起来很深。

“To sail? Sightseeing?”

依然是带着咖喱味的英语，但因为老伯说得比较慢，池渝倒也听懂了。顺着老伯的话看向湖面，果然，那里停着几条小船，看起来是观光用的。

也许这种小活动对于别人而言还算有吸引力，可顾渊是真正的远洋货船上的大副，常年漂在海上，这种小活动，他大概看都不会看吧?

却没想到顾渊顿了一下，眼睫微微颤抖，像是在那瞬间想到了什么。

他微微弯了身子，视线与老伯持平："That' s great. We' re having this plan."

池渝有些微愣，扯了扯顾渊的衣角："我们什么时候打算去坐船了？"

顾渊直起身子，眼神都懒得分给她一个，语气也不同于和老伯说话时的谦和有礼，反而带上几分不耐。

他说："现在。"然后又问，"有意见？"

"没有没有，你说什么都是对的。"池渝侧身弯下腰，对他比了一个"请"的手势。

"什么怪动作。"顾渊顺手拉住她的袖子，扯着她就跟在了老伯身后。

那个老伯走路不快，却有些急，大概是怕自己走得慢了，他们就要反悔。

然后，池渝听见一句熟悉的话，是他们上巴士的时候，巴士司机对他们说的那句。

“Don't hurry,we still have a little time.”

不必着急，我们还有一点时间。

这种感觉很奇怪，也很好。真要说起来，大概就是，把从不认识的人那里接受到的善意，再转送给另一个不认识的人。

明明是一个脾气差到不行连好好交流都费力的人，却也正是和他在一起，池渝好像总能感受到一些惊喜，总能看到她喜欢的世界。

5.

“干什么，笑得像个智障一样？”顾渊松开扯住她袖子的手，“你别真是大脑被白鹭叼走了吧？喂，回个魂，穿上救生衣上船了。”

“哦。”池渝接过救生衣，在上边看见了“Made in China”的字样。

她忽然想起来一件事，于是刚刚收回去的被他评价为“智障一样”的笑容又冒出来。

“哎，我忽然想到一件事情。”

这时候，他们已经坐上了船，顾渊简单地拒绝了老伯载他们的建议，接过木桨，慢慢把船推离了岸。

池渝说得开心："大学的时候，我和朋友去古镇玩，就是江西瑶里，那边有一条小溪，溪里有许多破碎的瓷片，大概是因为时间太久，边角都被水流打磨得圆滑了。我听当地的爷爷说，这些瓷片，很多都是古瓷，以前有一个外地人捡到过一个完整的碗，最后鉴定出来是清朝时候的，卖了不少钱。"

也不知道是看她说得津津有味于是产生了兴趣，还是不想打断她的兴味，顾渊顺着问了句："然后呢？"

"然后啊，我和那个朋友听了，特别动心，于是我们把七天的行程花了四天在摸瓷片上，到了最后一天，居然真的摸出一个完整的碗！"她说着，眉头都挑起来，"可是，我们还没来得及开心，就看见碗底的'Made in China'，当时我们两个人对视了一眼，同时从对方的眼睛里看见了绝望。不过，后来我还是把那个碗带了回来，放在家里养多肉。"

"嗯，挺不浪费的。"

池渝笑得开心："对啊，否则那四天不是白花了？不过也还好，那个碗养多肉挺好看的，等以后回去，我发照片给你啊。"

顾渊扯了一下嘴角，笑得假假的样子，小虎牙一闪而过。

他说："好。"

又见面了，小虎牙君。池渝在心里偷偷问好。

下次再见，可能又要等一段时间了吧？

说起来，顾渊的性格真是有些奇怪，一点就炸，不点也炸。可是，就算炸了，一哄就能好；不哄，一会儿也能自己好。

最开始以为难以交流的人，熟悉之后，却是意外的有趣。

小船儿在湖面上绕着圈，悠悠然的样子看着就叫人心情好。

“池渝。”他忽然开口，“你是不是从来没有什么烦心事？”

“不是啊，到底也活了二十多年了，怎么可能没有烦心事。”池渝眨眨眼，“只是运气好，糟糕的事情遇见得比较少，也都不是什么大事，很多都记不久。”

她想了想。

“不过偶尔也会有很烦的时候，所有的负面情绪都堆积到一起，然后整个人忽然爆发，就很委屈很不舒服，像是被看不见的黑色大雾包裹住。那种时候，即便努力放空自己，想要得到安静，也总会忍不住生出‘活着真没意思’的想法，如果低头一看，鞋带还碰巧开了……”她做出绝望的表情，“那真会觉得不如死了算了。”

池渝说完，低头看一眼自己的鞋带，很不巧，还真开了。

顾渊顺着她的目光一起低头，瞬间笑了开来。

“喏，现在打算怎么办？”他促狭地眨了眨眼，“死了算了？”

池渝一愣，不自觉地盯住他的小虎牙。

还以为下次见面要等很久，没想到这么快就见了。

这些天，她好像每天都能看见不一样的顾渊，而这个人给她留下的最初印象，也随着她看见他的模样越来越多而发生了改变。

“怎么不说话？”

池渝快速回神：“没什么。”

顾渊冲着她的鞋带努努嘴：“不系好等着摔死吗？还是在等我给你系？”

池渝满头冷汗，心道不敢麻烦您，接着自个儿马上弯腰系起了鞋带。

顾渊伸手，在她眼前打了个响指，然后摸摸自己的下巴：“你从刚刚开始就一直在看什么？我脸上有东西？”

池渝很快恢复如常，调皮地眨眼：“没什么。我现在又没有心情不好，周围的景色这么可爱，这个世界这么可爱，我也这么可爱，才不能死。”

顾渊环着手臂歪歪头，一脸嫌弃地上下打量道：“喂，你哪儿可爱了？”

池渝翻了个白眼：“行吧行吧，那我不算。”

顾渊挑了一下眉尾，湖面的微风吹乱了他的刘海，有几丝纠在一起，挡了他的眼。

“不过不管客观事实如何，在我的心里，我还是最可爱的。”

闻言不语，大概是被风把沙子吹进了眼睛，顾渊揉了揉，一边揉一边低着头有些无奈地笑，原本浅浅的梨窝也变得深了起来。

她心底一动：“你怎么笑起来跟个弟弟似的？”

顾渊的笑容忽然消失。

而池渝并没有就此停止，反而开心地挠挠他的下巴：“喂，那我不可爱，你可爱，这样行不行？”

顾渊一把打掉了她的手，脸也再度板了起来：“池渝，我看你是活腻了。”

“干吗又这么严肃啊……”

顾渊懒得理她，只是执桨一下一下划着水。

小船前行，池渝忽然想起来，上次他似乎和她说过，跑完这一趟，他就是船长了。

池渝不知道，这趟航程结束之后，他们还会不会有交集；也不知道，到了那个时候，他们还能不能再见面。但能当上船长什么的，听起来就很厉害，能够在自己喜欢的领域得到认可，真是一件值得祝贺的事情。

可惜，这个祝贺，提前不好，不分情境也不好。

看来她是送不了这个祝贺了。

“顾渊。”

“干吗？”他依然板着脸，这个人经常是大写的不开心。

“我其实不是学生。”

池渝也不知道，自己怎么会无端端生出这样的冲动，想要对他说出自己的身份。

也许连她自己都没有发现，这份冲动的起因是因为她想和他靠近一些。要靠近，就应该少些欺骗，多些真诚。

可她刚刚说完就后悔了。

这份冲动太过私人，而她现在是有公务在身的。

也不知道他有没有看出来她的心理活动，池渝只看见顾渊执桨的手一顿，随即望过来。她抿了抿嘴唇，有那么一瞬间的怔住，不知道该说些什么。

而顾渊只看她一眼就转开头。

“哦。”

“……哦？”

“没准备好，说什么说。”

池渝有些意外：“什么？”

“我说，这次就算了，等你想好了再说吧。”

他的反应让池渝的心有些沉：“你果然知道了一些什么，对吧？”

“嗯。”

顾渊没有否认，但也没有多说，而池渝也没有追问下去。

即便，她是真的很想问他：你到底知道了些什么，知道了多少呢?

“其实你不用担心，不管我知道了什么，对你而言都没有多大影响。而你瞒住的那些，也不用再提。”他说，“你可以继续你的寻找，我也继续我的航海，大家在纱布后面，把自己该办的事情给办了，这不很好吗？”

他说得平静，池渝却隐约感觉到他有几分赌气。

“你是不是很不喜欢我瞒着你？”

“不喜欢。”向来不爱说实话的人难得坦诚一次，他答得很快，“可是能理解。我又不麻木，当然会对一些事情有感觉和喜恶，可这个也影响不大。所以，我的不喜欢，也不是很重要。”

这句话让池渝不知道该怎么接。

她低了低头，反倒是顾渊又看她一眼，然后伸个懒腰。

“时间也不早了，回去吧。”他说，“对了，你刚刚拿到手机，还没和你那个朋友发消息告诉他吧？”

看顾渊的意思，似乎前面的话题就这样过去了。

也许有些东西，如果一开始就没打算全说清楚的话，真是不该提的。

也许有些冲动，再蠢蠢欲动，也要强行按捺，否则只能徒添郁闷。

“哦，我刚刚发了个信息，他可能没看见，还没回。”池渝闷闷道。

顾渊并没有接这句话，只是淡淡道：“我们该走了。”说完，他便开始把小船往岸边划。

池渝没话找话：“你以前划过这样的小木船吗？”

“没有，但这个不难。”他勾了勾嘴角，“反正，只要是船，对于我而言就都不难。”他像在回忆，“我小时候是在船上长大的，其实最开始完全不适应，海风很大，船在风浪里摇摇晃晃，吃了晕船药也还是头疼。可我适应得很快，连我养父都说，我很难得。”

池渝几乎被他话里的小得意给逗笑了，可下一秒，她就捕捉到一个词：养父。

为什么是养父?

池渝有那么一瞬间的疑惑，可她很快把这个疑惑压了下去。很多东西都是不方便问的，尤其，这些还关于家庭。

“这么厉害啊？”

顾渊笑了笑，答得理所当然：“我从小就立誓要当船长。”

他说得不错，在这个年纪要当上船长，真是很难的。

他也不是不知道，有些东西就像是密封的箱子，外边的纸条贴着“注定”，打开，里面装着的却都是“不确定”。

那些箱子，是命运的安排，是投放在一片平顺下的意料之外。

可是，他大概没有想到，“当上船长”这一件，也是装在箱子里的事情。

第六章

YUANLAITAYEXIHUANWO

所以，你能抱抱我吗？

1.

池渝坐在床上若有所思，只是，这一次，她想的不是自己调查的事情，而是顾渊。

那天他带她下船溜了一圈，虽然在湖上划船的时候对话有些小不愉快，但总体并没有什么问题。而顾渊虽然偶尔幼稚，却也不是真幼稚的人，他对那个似乎并没有多在意。

然而，在回来的路上，大概是差点遇见船上的人，她没反应过来，倒是顾渊一愣，拉着人就躲在了树后。

而躲完之后，顾渊的脸立马就黑了。

池渝想的，就是顾渊为什么黑脸的原因。

到底是哪里不对了？

要说是差点儿撞上熟人，但他们也躲过了，那人并没有发现他们啊。

池渝百思不解，最后下的结论是，顾渊啊，大概就是读不懂的，他的想法才真是海里的针，用潜水艇也捞不着。

算了算了。

而与此同时，顾渊也在郁闷。

那天遇见船员，他下意识拉着池渝躲起来。过程中他不小心撞到了膝盖，疼得倒吸一口冷气，而池渝居然笑他像小孩子。躲完之后，他发现，明明是这个女人的问题，怎么搞得像是他做了什么见不得人的事情似的？

反应过来以后，再联系着她对他提防的态度，他的心情一下子又不好起来。

不管是谁，被怀疑成自己所鄙夷的那种人，或多或少总会有些波动的。

顾渊站在甲板上吹着海风，面色依然是平静的。偶尔有路过的船员和他打招呼，他也能回应几声，顺便看着哪里有差漏，下个命令。单看外表，他依然是那个冷静严肃的大副。

然而，在冷静严肃的表象下，顾渊装着满心的烦躁。

对啊，池渝这个人，明明就很麻烦，为什么他要带她下船晃，他是吃饱了撑的吗？怕她无聊憋闷？他真该让她在那个小屋子里憋死算了。

可顾渊的别扭，只维持到第四天。

在穿过曼德海峡的时候，他找到池渝，表情一点儿也不像是开玩笑："马上要到红海了，接下来的航程需要全程戒备，我可能不会在船舱里，你自己机灵点儿，不管有事没事都不要出门。"

"为什么？"

顾渊没有回答她，可是当晚航线偏移之后，池渝便知道了，上一个港口停泊时，船上补充上来那么多武装力量，甚至还请了几个带枪的当地保安的原因。

夜里的海面时常有雾，很浓很稠，像是浸湿了的棉花，池渝不知道现在的可见度是多少，可从船舱里的圆形窗口看出去，除了海里点点昏黄的灯光之外，她什么也看不见。可即便看不见，通过外边的声音，她也大概能够判断出来发生了些什么。

这儿离苏伊士运河不远，而这块地方的海势极其复杂，不是意外，而是人为。

简而言之，这块地方有海盗。

这一夜的风有些大，浪也起得高，航船整体都有些晃，让人颠簸得难受。现在是凌晨五点，海员们原本应该都还处于深度睡眠的时间，可他们今天却格外警醒地全体戒备。

浓雾里，池渝不大看得清具体情况，忽然被掷上窗口的钩子吓了一跳。

原来一艘快艇已经神不知鬼不觉地靠了过来，海盗正往船上抛钩子。钩子后面是极粗的麻绳，两根揉成了一根，有成人小臂粗细，单是看起来都重得厉害，而那个铁钩子更是不轻，砸在坚固的船身上钝声一响，像是发出的指令一般，只听见接二连三相似的钝声响起。

池渝第一次有了害怕的感觉，她将自己紧紧团在一起躲在黑暗的角落。明明海盗还在外面，而且船员们已经有所防御，她却死死盯着那扇窄窄的舱门，仿佛下一秒就有面目狰狞的海盗从那里破门而入。

2.

这场动静很大，持续了差不多一个半小时才停息。

时近破晓，海平线处泛起灿金色，底下喧嚣的快艇稍微停了下来。可也只是停了而已，它们依然盘在雾里没有离开。

舱门一响，吓得池渝一哆嗦。

是顾渊走了进来，从来整洁的白色制服变得又灰又皱，袖口处有斑斑血污。他一进来就直直坐到床边，拉开抽屉拿出碘酒撸起袖子就擦，动作毫不温柔，池渝看着那块本就骇人的伤口被他擦得更严重了似的，心里直直一紧。

“那边柜子的第二层，帮我拿个绷带。”

池渝闻言立刻拿了过来：“我帮你包吧？”

顾渊把手伸过去，一刻不停地又开始擦另一处伤口：“行，动作快点。”

“那些海盗解决了吗？”

“没有，我刚才联系了海警，可附近有信号干扰，联系过程中有点意外，不知道救援什么时候能到。”他说着，大概因为太急，擦药的时候棉签棍不小心戳到了伤口。

顾渊没忍住倒吸了口冷气，却也没有停下，换了一个地方继续擦。

池渝看着被他戳到又开始流血的伤口，莫名觉得很疼。

“你动作……”

顾渊一把截断：“你动作快点。”

池渝硬生生把后面的话给憋回来，加快了包扎的动作，却也小心着怕再弄疼他。

“行了行了，我自己来。”顾渊是真的着急，一把扯过来纱布，几下就给自己捆上。

绑好之后，也不管纱布上渗出来多少血，径直就往外走。

他的步子很快，走路却有些跛，不仔细看也看不出来。顾渊平日里不管怎样，看起来都是严肃认真的，不论是站着还是坐着，背从来都不会塌下去一点儿。

池渝在后面皱了眉头，却来不及也不知道该说什么。这时候，“小心”和“注意”都是多余的话，叫停他反而会耽误他的时间。

也就是这时，外边的动静又大了起来。

糟糕的消息传来：海警没来，海盗们的援助先来了。

池渝扒在窗口，努力想看清楚外边，可浓雾弥漫的海面上能见度实在太低，视觉与听觉上的不对等加深了她的紧张。说实话，在上来航船之前，她做过许多功课，也做好了许多准备，却完全没考虑过在和平年代还会有这种情况。

她不自觉握紧了拳头，嘴唇也抿得发白，成了一条直线。

虽然作为记者，她做好了见识人世间丑陋的一面，可一直待在安逸的地方，即便见到了黑暗和丑恶也都是人心作祟。眼下这种情况，她连想都不敢想。

她也曾看枪战片看得津津有味，觉得紧张刺激，可真正置身其中，却连心脏都仿佛被抓在了别人的手里。

她能闻到血腥味，能听到枪弹声，却看不见外面发生的一切。

就算平时再怎么紧张冷静，池渝也不过就是个入行不久的小记者，而且还是个女孩子。

现在，她真的害怕了。

而她的紧张害怕，在听见上方船甲板上凄厉的尖叫和重物落水的声音之后，几乎是到达了顶点。尤其是下一秒，她意识到那声音是被枪打中而落水的人之后，她忍不住双手捂紧嘴巴，但即便是这样也没能抑制住喉咙里那声短促的尖叫。

在一段长时间的深呼吸和飙着泪的崩溃之后，她反而慢慢平静下来。

再糟糕也不过如此，也许这混乱的时候，她可以做些什么。

池渝眼睛一亮，随即换上衣服拿起帽子，把帽檐压得很低，趁着混乱走了出去。

在跨出舱门之前，她没有想过后果；在事情结束之后，她也有过后怕。

可所有人都在努力，她实在躲得不安心，哪怕她并不算他们中的一员。

虽然，顾渊在事后说过她万一出了意外，那就是在给他们添乱，她也认同他的那句话，可至少在事情发生的那个当下，很多事情都是真的来不及思考，比如这种不知道怎么生出来的乱七八糟的责任感。

池渝猫着腰在台阶上远远看向顶部的甲板，顾渊和船长站在那儿指挥，子弹划破了浓雾，由黑暗中直直射上来。地上混乱不堪，到处都是血迹，甲板上已经有人倒下。

她不知道那些倒下的人还能不能站起来，只觉得，在这样的场景里还能站着的人，除了经验和实力之外，真是需要一定的运气。可池渝不知道自己有没有这个运气。

有没有都赌一把吧，万一这艘船真的出了什么事情，她也躲不过去。

她猫着腰朝着记忆中的地方摸去，果然找到一个灭火器，接着走到顾渊身边。顾渊在指挥之余回头看她一眼，额发上沾了血汗，眼睛里都是血丝。

他震惊之余带了怒气："你出来干什么？"

平时添麻烦就算了，这种时候也不知道安生吗？

顾渊看了一眼她抱着的灭火器："做什么？你想从这儿往下喷？你以为喷得到？"

池渝也不废话："你们这儿有哪里可以烤火？或者只要能加温都行。"

顾渊心烦意乱一指，明明生气她胡乱行动，不想再搭理她，却还是操着不耐烦的语气对她说："你自己小心点，别死在这儿了。"

这些日子，池渝已经练就了一个本事，就是能够从他的话里剔除其他，只听见关于关心的那部分。

“好。”

她说完，头也不回就往顾渊指的那个方向跑。

而顾渊只看她一眼就转回来，完全没受到影响似的，有条不紊、思路清晰，即便受了伤动作也依旧利索。

过了一会儿，池渝跑回来，手上拿着的是用衣服裹住的灭火器。灭火器的外漆有一块被烤黑了，压力表也已经到了危险的黄色区域，压力过高，是很易燃易爆的。

看她的样子，怀里的灭火器似乎有些烫。

她问得直接：“你枪法怎么样？”

“一般，没练过，也打得不多。”

“这个丢下去，你能打中吗？”

顾渊顿了顿，大抵明白了她的意思。他有些惊讶，却很快做出判断。

“不确定，不过能不能都试试吧。”

3.

都说默契需要培养，而那个程度，他们按理也还达不到。可这个时候，两个人配合得几近完美，竟是一句多的话也不需要说。

只是，出现了一点意外。

就在池渝准备把怀里东西丢下去的时候，顾渊被流弹击中，左臂中枪，他闷哼一声，退后两步，疼得痉挛，右手也有些发抖。这种情况下，怕是打不准。

可他也不犹豫，立刻回身喊过来一个保镖样铁塔般的男人，把枪递给他，然后飞快说了几句话。

顾渊的口语很好，因为说得太快，池渝没有全部听清，只大概知道是在和那个人说明情况，大概是“她会把东西往那个方向丢，你等会儿就朝着被丢出去的这东西开枪，尽量瞄准，离他们越近越好”之类的意思。

那人也不多话，接过枪便向顾渊指的方向瞄着。

而池渝见状，用力抛出灭火器，与此同时，心也提了起来。

短短的几秒钟在这一刻被无限拉长，池渝甚至觉得自己能看清楚子弹的轨迹，能看见它是怎样一分一分向前——

“嘭！”

巨响之后，一时间火光四溅，池渝几乎是在那声音响起的同时软了双腿瘫在地上，也因此没有看见下边情况如何。也是这时候，她才发现，自己竟然屏住呼吸那么久。

所以……

成功了？

池渝低着头喘气，只是，刚刚放松下来，很快又警觉地环顾四周。从刚才到现在，每个人都在全心对抗下边的海盗，也许大家都没有这个空来注意周遭是不是多了谁少了谁，但她这么一上来，要说完全不被发现怕是没有可能。

很明显，顾渊和她想到了一个地方。

他用右手把她从地上提了起来，稍微退后一步，声音压得很低："回去。"

她的想法也传达到了，于是不再坚持，趁着这边的人低头观察下边情况，站起来低着头就往下边走，完全没有注意到不远处一道打量的目光。

孟坤。

闷头走到屋里、关上了门，池渝终于再绷不住，脑子"嗡"的一声炸了，仿佛一瞬间失去了所有的力气，连几步路都再走不了，软了骨头似的瘫在顾渊的床上。

刚才那个爆炸，那么大的威力，底下的人就算跳船也来不及。所以，他们之间，应该是有人死了的，就像倒在船甲上的那几个海员一样。

池渝把脸闷在被子里，没有氧气的感觉很难受，可她不想动。其实说起来算是被逼无奈，处在这样的境地，没有人有更好的选择。

可一想到刚才距离死亡那么近，身边有人死了，对面有人死了，有人因为她死了，她还是不舒服。不是后悔的那种不舒服，而是感觉心理上有一个坎儿。

杀了人的坎儿。

她也不是什么看着童话、对什么都接受无能的小孩子，这样的事情，她或许不用很久也能自我疏解。

然而，此时此刻，她过不去。

憋到实在受不了了，池渝翻了个身，仰面躺在床上。

她不太敢闭眼睛，总觉得一闭上就能看见那场爆炸。

继而，看见自己想象中血肉模糊的一片。

4.

随着海警的到来，这场纷乱很快平息。

因为航船受损严重，人员也有伤亡，顾渊他们无奈只能在柏培拉港口暂做停留。

顾渊下船处理完了伤口后，做的第一件事就是回来找池渝。

这个女孩子时刻都在让他惊讶，她真的很特别。

她可爱也灵动，理智也冷静，有坚持却从来不会挂在嘴上。

不过，也正是这种不故意、不抖机灵，才让和她在一起的人感觉轻松自在，也才让顾渊愿意靠近她。

只是，现在，她蜷在他的床上，汗湿了额发，眉头紧紧皱着，像是在做噩梦。

噩梦，真是一个熟悉的词。

顾渊转身锁门，走近了她一些。他不喜欢与人对视，大概是小时候厌恶的眼神看得太多，留下了后遗症，这份阴影实在深厚，年岁又太久，抹不掉，就算是长大了也没有办法。

也正因如此，顾渊几乎没有好好正面看过池渝。

池渝的皮肤很细很白，平日里很有活力，会透出淡淡的粉色，但在状态不好的时候，就会显得有些病态。尤其是这几天，她眼底有一圈乌色，脸上和嘴唇也因为干燥而有些脱皮。

“喂，池渝。”他喊，“醒醒。”

与此同时，顾渊想起上一次自己做噩梦时，她叫醒自己的情形。其实就他而言，被人发现自己软弱的一面，真是很尴尬的。

可是从噩梦里走出来的那一刻，却也实在有一种被解救的感觉。

他又推了她一把：“醒醒，别睡了，醒一醒。”

池渝迷迷糊糊地睁开眼睛，眼神还有些迷蒙，声音也含含糊糊：“顾渊？”

他顿了一下，移开视线：“嗯。”

她捶了捶额头：“我做噩梦了。”

“看出来了。”

看她一副头疼的样子，顾渊叹了口气，坐在床边，用没伤的那只手给她按摩太阳穴。

“这个梦好可怕，我不想再做了，真的很可怕……”

他的指尖有茧，力道却很轻。池瑜舒服得哼了一声，刚想再闭上眼睛，却忽然想起什么似的，猛地又睁开。

“你回来了？你没事吧？”

顾渊懒懒散散：“嗯，没死。”

声音里满是疲惫。

池瑜望了一眼他的左臂。顾渊没有穿外套，只是简单地套着短袖衬衣，厚厚的纱布十分显眼。

“严不严重？”

“还行，子弹没留在里边，就着肌肉层擦过去了。”顾渊说着，声音低下去几分，“我这个不算什么，但有人很严重，没救过来。”

池瑜不知道自己该说什么。

“虽然我和这一批船员交流不多，但到底是身边的人……”他像是说不下去，叹了口气，“或许是命吧，到了该回去的时候，谁都要回去。只是这么年轻就走，实在很可惜。”

顾渊这么说，像是看得开，池瑜却读出来里边的情绪。这些话，他不是对她说的，而是在安慰自己。

她垂下眼睛，重重叹了一声。

“顾渊。”池渝望着他，试图转移话题，“我刚才做了噩梦，现在还有些害怕。”

顾渊望她：“嗯？”

“所以，你能抱抱我吗？”

闻言，顾渊先是愣了下，然后低了眼帘，忽然笑了。

“好。”说完，他直直抱了上去。

和上次隔着棉被的感觉不同，顾渊才发现池渝居然是这么瘦，瘦得单手也能将她抱个满怀。

不过，说起来很奇怪，明明只是一个普通的拥抱，却像能解乏似的。似乎，那些烦恼和无力感，轻而易举就被这个拥抱所溶解，继而消失了。

顾渊又怎可能看不出，这个拥抱，其实是她想给他安慰？

把下巴搁在她的肩膀上，心也慢慢松了一些。他忽然唤了一声：“池渝。”

然后就听见身侧传来轻轻一个声音。

“怎么了？”

顾渊这才发现，自己竟不知道能说什么。

说谢谢太刻意，就像是戳穿了哪层不该戳穿的东西。可除了谢谢之外，说别的似乎也不合适。

“没什么，叫叫你。”

“这样吗？”池渝像是轻轻笑了一下，“顾渊。”

“嗯？”

池渝带着点儿得逞的小得意：“哎呀呀，一下忘记想说什么了。”

顾渊再度愣了愣，颊边的梨窝慢慢变得深了起来：“报复心这么强？”

“这哪能叫报复？就是想叫叫你嘛。”她说着，回应他似的，也环住他的腰身，“对了！我刚才好像想说，今天辛苦了。虽然上次没承认，不过你超厉害。”

终于，可以合理地说出这两个字。顾渊微微转了转头：“谢谢。”

顾渊说话时的热气弄得她的耳朵有些痒，她下意识转了头，接着便感觉脸颊上蹭过一个柔软的东西。

明明只是一个安慰的拥抱，却在此时忽然变了味道。

在非情侣的关系里，这种气氛总是有点尴尬的。

“那个……”池渝干咳一声，“我好像不害怕了。”

他从善如流地放开了她，表情依旧是淡定的，耳朵却在慢慢变红。

“今天这么累了，你先休息吧，之前占了你的床，不好意思了。”池渝站起身来，伸个懒腰，像是故意在打破之前的氛围，“我进去了。”

顾渊低着头：“嗯。”

“对了……”池渝走到门口，又转过身，“海运这么危险的吗？”

“都一样。”

顾渊很快调整过来，不管心里是怎么想的，至少从表面上已经看不出半分异常。

池渝疑惑：“什么都一样？”

“你……”顾渊顿了一下，到底没说明，“你的职业不危险吗？”

池渝咳了一声：“我们其实还好，挺有保障的。”

“保障？”他的神色忽然变得怪异，“那是你遇见的人都挺善良，比如我。不然，在你刚上船的时候就被人扔下去喂鲨鱼了，还谈什么保障。”

池渝走回来，忽然伸出手指戳了一下他受伤的手臂。

她的力道很轻，但顾渊还是下意识往后躲了一下。

“在其位，谋其政，任其职，尽其责。”她轻一挑眉，有些俏皮似的，“你信不信，就算你把我扔海里喂鲨鱼，我的鬼魂也能附在这船上，把我要做的事情做完。”

大概是因为两个人已经大概知道了对方对自己的了解程度，说话也放肆了许多，彼此心中有底，便是不用说明也都知晓了。

闻言，顾渊望着她，好半天才轻笑了一声。

“嗯，我知道。所以为了我的船不闹鬼，我也不会丢你去喂鲨鱼。”

第七章

YUANLAITAYEXIHUANWO

你也真是很像蜻蜓队长

1.

从开始到现在，池渝其实给了顾渊很多惊喜。

也因为这些惊喜，所以，即便他仍觉得她是个麻烦，也愿意护着她。

那次混乱的确给航船带来了不小的损失，人员因此有所变动，船长也受了重伤，在柏培拉就下了船。

池渝本以为这是很严重的事情，觉得可能要终止这次行程了，却没想到，他们不过修整两天就继续上路了，航船也暂时交由顾渊管理。

他的担子顿时变得更重，每天的事情也更多了起来。

池渝就海盗的事情问过顾渊，得到的回答却出乎意料。

他说：“不是第一次了，这种事情，在这片海域，很正常。”顿了顿，又补充一句，“哦，对你来说，是不正常。”

可那又怎么样呢？当混乱被习以为常，那么平静便成了一种惊喜。换句话说，压在池渝心里的那块关乎人命的石头，这里的人或许并没有那么在意。

这个世界很多时候都是残忍的，它不会因为你的停止而停止，也不会因为你的疲累而松缓。大部分的人都还要生活，哪有时间来管别人的死活和难过。

“还在害怕？”顾渊弯下身子撑着膝盖，靠近了池渝一些，“要不要抱抱你？”

池渝警觉地抬起头，用食指戳着顾渊的额头就把他推远。

“丑拒。”

这件事之后，顾渊像是个受了气的孩子，硬生生和她冷战两天。

十分幼稚，一点儿不精英！嗯，和他因为受伤而变得笨拙的动作在气质上有点儿符合。

偶尔，池渝想到这样的顾渊，就能偷笑出声。

这天，池渝在房间里写东西，而顾渊照常来给她送晚饭，却不似往常那样放下就走，反而坐到了她的身侧。

池渝下意识就想逗逗他。

在发现他的性格不如表象之后，她好像越来越喜欢逗他了。

但是，顾渊却比她先开了口："刚才吃饭，孟坤过来和我搭话。"

池渝的笑容一凛："孟坤？"

她把目光移向手里的本子，那上边正好写着这个名字，十分显眼，边上的注释也是最多的。那是一个船员的名字，他的长相普通，却有一点十分有辨识度——

那个孟坤，他的右脸处有一道刀疤。

她没想挡，顾渊却也没有去看。

这是两人之间的默契，即便只需要一个撇头就能看见，但在得到对方的许可之前，绝不会有所逾越。

池渝追问："他说什么了？"

"他说……"

池渝正等着他把话说完，顾渊却忽然一扭头："我为什么要告诉你？"

池渝一蒙："……"

这难道不是个正经的时刻吗？

“告诉你也行。”顾渊又道，“作为交换，我说完之后，问你一个问题。怎么样？”

池渝眨眨眼：“行啊。”

心里却想，你要问我，我没意见，可我没答应我会回答，更没答应我不会说谎。记者这一行，从来都是很狡猾的。

而顾渊低着头，开始回忆方才的情况——

晚饭时间，孟坤忽然凑过来：“大副，就我们碰上海盗那天，给大副出主意递东西的兄弟是谁啊？竟然能想到拿灭火器当炸弹，脑子怪好使的啊！”

顾渊装作很努力地想了想，摇头：“没注意，当时那种情况，谁知道是谁。”

“没注意？大副，这可不对吧，那样一个出了大力气的兄弟，不该给颁个军功章啥的？”

“你说得在理。”顾渊点点头，杯子一放，扫视了一圈，“是谁出的主意，出来认领一下，下个月工资翻倍。”

一时间大家你看看我我看看你，竟然不约而同一起举手：“我！我我我！”

可都是打闹的语气，没几个认真的。

顾渊扫视一周，遗憾似的：“看来是真不好找啊。”

孟坤见状，还想再说些什么似的，却被顾渊截断。

“在柏培拉我们下去了一批兄弟，当时枪林弹雨，站我身边的好几个人都受伤挺重，说不定是在疗养的那一批里。等这趟跑完了，我再好好找找，做了事的人可不能没奖励，对吧？”

说完，他端起杯子，有意无意地瞥了孟坤一眼：“当然，这个奖励的前提是做的事是好事。”

2.

顾渊没把所有都说出来，但池渝想知道的，他没有半点儿隐瞒。

她问：“所以，他是不是发现我了？”

顾渊沉吟了一会儿：“可能性很大。孟坤其实不是专业海员出身，可他在这儿许久了，每块地方都熟悉，做事也利索，算是一个资历颇深的老员工。只是，船运的核心部分，在我来了之后，就一直没让他再去接触。大概是直觉，我觉得这个人有些不对劲。”

池渝愣了愣：“不对劲？那你为什么不请示上级开除他？”

“我并不一定就是对的。单单因为一个人的直觉而否定另一个人，这本身就不是一件公平的事情。”顾渊双手十指交握，“所以，你来之前，其实我一直在观察他。”

他忽然停下，看向池渝：“我回答完了，现在轮到你了。”

池渝点头：“你想问我什么？”

顾渊这次直视着她的眼睛。他的眼神很是深邃，看人的时候也很认真。这样一双眼睛，像是有魔法似的，当你看着它，就失去了说谎的能力。

顾渊看了她一会儿，像是在确定什么。良久，他开口：“你可以选择不回答，我没有想要逼你的意思。只是，如果你回答，就别对我说谎。”

池渝点头点得认真。

他问：“你的身份是什么？”

池渝的眼神有片刻的闪躲，在捕捉到她情绪的同时，顾渊的面上闪过几分失望。

却没想到，她开口，说了两个字——

“记者。”

顾渊微愣，表情却是毫不意外的淡然：“嗯。”

瞒着很累，要假装对方不知道的瞒着更累。池渝长舒一口气，他们到底都不是演员，每天隔着一层纱帘说话也没什么意思，所以，说出来之后，她感觉轻松多了。

“你其实知道的吧。”她歪头看他。

顾渊点头：“知道。”

她挑眉笑：“知道还问？”

“我自己知道的，和你告诉我的，不一样。”

“那个，”她低了低头，“这段时间，谢谢你的信任。”

“我也是。”他说，“我以为你不会告诉我，可你说了，我很意外。”

池渝不大擅长面对这种煽情的场面，顾渊很明显也和她一样，于是，话音落下之后，两个人便同时沉默下来。

半晌，池渝打着哈哈：“不过话说回来，我第一次经历生死关头就是和你在一起，也是挺难得的。这么说的话，其实我们之间的信任产生得也理所应当，没必要谢来谢去。你说是吧？”

却不料顾渊毫不在意道：“这哪能算第一次。”他瞥她，“真要论起来，第一次应该是你出生那天。这才是人生中第一个生死关头。”说完打量她几眼，“看你现在活得挺结实的，就知道，当年没受什么影响。”

池渝：“……你得出的这个结论，真是挺有理有据的。”

顾渊耸耸肩：“谁说不是呢？”完了又笑了笑，“如果有什么我能帮上忙的，尽管开口。你想调查的那些事情，我也很想知道那些真相。”

“那如果你因此被牵连呢？”

顾渊作为大副，专管货运方面，完全洗清嫌疑根本不可能，哪怕这些不关他的事。池渝想到这点，脱口便问出来，却是问完之后才恍然发现，她能想明白这个，他不可能没想到。

果然，他只是敲了敲她的额头，避重就轻道：“先做好你的调查，其他的别管了。有些事情，管也管不到。”他指了指上头，“都是早定下的。”

“你信命？”

“信一些。”

“我以为你这样的性格应该是不信的。”

他摇摇头，笑笑：“我不迷信，可世界上真的有些东西是早就注定。”

“虽然这句话被说烂了，可命运是掌握在自己手里的。”

“不一样。”他说，“我信命，不信运。运才是掌握在自己手里的。”

池瑜忽然发现，自己被他绕过去了，想要捡回之前的话题。

“可如果……”

“没什么如果。就算出了意外，我也相信，总有人在乎真相。”

总有人在乎真相，可成人的世界里，相比较于事不关己便不去留意的人而言，那些人其实不多。记者是一个负责揭露真相的行业，池瑜认为这是充满力量的，后来却也发现，这一行里，有人随着世俗失去了初心。

甚至到后来，那些人也会自诩“前辈”，来“教导”他们。

不过庆幸的是，在这条路上，真正能走得远的，从来不是那些“前辈”。

顾渊的表情倔强而认真，带着少年般的不顾一切。

池渝忽然笑了：“我有没有和你说过，你有时候看起来真的像个少年。”

成人懂权衡，懂趋利避害，懂在事关于己的时候，先看得失。少年虽莽撞却一腔热血，是非曲直一定要弄个清楚明白。

顾渊冷着脸敲了敲她的头，轻哼：“那也比你成熟。”

“好好好，你比我成熟，开心点儿了吗？”池渝弯着眼睛，满脸都是“行行行，宠你宠你”的无奈。

而顾渊懒得再和她掰扯这个，坐在床边往后一仰就睡下去。然而，这个动作牵动了他的伤口，顾渊微不可察地皱皱眉，稍微调整了一下姿势。

他知道她的意思，也懂她口中的“少年”。

那又怎么样呢？她自己不也是！

顾渊短促地勾了勾嘴角。

他并不是唯一的一个，这样就好。

3.

接下来的日子，池渝做什么事情不会再背着顾渊，而他偶尔也为她掩护。两个人这样配合下来，倒也比之前更多了几分默契。

从广州湾到英吉利海峡，他们走了三十七天，返航却只花了三十一天。去的时候，中间因为种种意外有所耽搁，而回程连补货都不需要，航船减负后自然快些，一路也平静顺畅。

海上的风浪和星空、雾气和昼夜，都与陆地不同。

在下船的那一刻，池渝想，这趟行程里所遇见的那些事情她会很难忘。其实算起来也就两个多月，可这两个多月里，她所经历的事情，就像是按了快进，林林总总的加起来比过去一年还要多。

池渝静静地站在角落里，看着夕阳中的顾渊，明明是那样冷漠严肃的样子，即便被笼在一片灿金色里也暖不起来，可她却不自觉想要靠近。

有机会的吧?

在他扫来一眼的时候，池渝对他笑笑，握紧了手里的手机，心想，还好她还欠了他钱。

可还完钱之后呢?他们算朋友吗?

如果不是这趟航程，他们的生活也不会有交集。一个常年待在海上，一个终日奔波调查，他们在各自的领域里都充实得过头，连休息都凑不到一起，哪有别的机会接触。

等顾渊把所有的事情交代完之后，天已经黑透。回头，那个地方已经没有了人影。

航程结束之后，按理说大家要一起去聚个餐来着。可这次因为索马里的意外，船员们负伤的负伤，其余几个坚持完全程的一直没能好好休养，聚餐也就顺势取消了。

等到海员们散去，顾渊站在港口，抬头是他再熟悉不过的货船。

每一次的航程都有无数的意外，在他入行之前，有一个前辈对他悄悄说，他管每次出海都叫“生死行程”，当时顾渊觉得夸张。等到他真正踏上甲板离开陆地以后，才知道，生死行程，每次都是。

海上有无数凶险和意外，可它仍然极富魅力。他深爱大海，也许是从小受养父的影响，他对大海的感情也像他养父一样，是刻在心底永恒的敬畏。

顾渊低了低头，眼睛也微微垂下，仿佛在朝着大海致敬。

这是他每次结束航程之后都会做的一个动作，从来没人知道，也从没有人看见过。

可这次有些例外。

池渝从后面走出来：“你不回家？”

顾渊眼帘一颤，明显有些意外。

“你没走？”

“嗯，等你呢。”

顾渊很快调整好了自己的情绪，他抱着手臂斜睨她：“等人还是吓人？”

池渝吐吐舌头。她的确是想吓他，他不是一副天不怕地不怕的样子嘛！

池渝说：“别把人想得那么坏，谁吓你了，我看你刚才那么认真，不想打扰你罢了。这么体贴还要被误会，真叫人难过。”

顾渊被她的强词夺理怼得直抽冷气，摆摆手：“别装了，说吧，有什么事？”

池渝拿出一沓资料。

4.

顾渊认出了那沓东西是什么，毕竟这两个多月，她每天都在房间里写它。

那是池渝的调查记录，在返程的航线上，池渝几乎没有好好休息。

她一边通过自己搜集的资料进行分析，一边联系她的朋友，前几天，她表情严肃地告诉他，她弄清楚了一些事情。

当时她没有具体说，他也很知趣地不追问。

“你很想知道吧？”

顾渊接过那沓东西，细细地翻了起来，边看眉头就边蹙紧。

池渝沉了口气：“我知道你爱这艘船，我也相信你没问题。可是有些东西，的确是通过这艘船流出去的。也许过几天就会有人来进行调查，如果可以，我希望你能够配合。”

半晌，她低下了头：“其实这些……都是暗地里的东西，不关你的事。”

说是不关他的事，可站在顾渊的位置上，又怎么可能不受牵连？这艘船上出了问题，而出问题的地方是他职责所在，不管对方做事多隐蔽，在法律上，顾渊也需要负连带责任。

池渝很清楚，所以这些天她一直在想办法怎么帮顾渊洗脱即将扣上的罪名。

顾渊合上资料，揉了揉眉心，叹息：“我是船上的大副，货物出了问题，怎么不关我的事？”

“你……”

看着池渝担忧的模样，顾渊忽然笑了。

他把资料还给她：“你做得很好，调查很详细，足够找出一部分人。”他微垂眼睫，“走私都是一条产业链，又深又长，往往想不到下一步你会发现谁，所以在此之前保护好自己。”

池渝急得咬唇，在这个情况下，顾渊竟然还有心情担心她。

“万一这件事情出了意外，你因此受到牵连……”

他毫不在意似的：“真有什么责任的话，就担着呗。”

池渝摇头：“顾渊，事情不是你做的，你不必全担着，你只要配合调查就好。而剩下的那些，我们会尽力调查和处理。做过就是做过，沾了它的人跑不掉，无辜的人我们也会尽量保证不受牵连。”

她的这番话是在为他考虑，可更多的还是她自己的坚持。

他感叹一声：“记者真是一个正义的职业啊！”

“你也真是很像蜻蜓队长。”说完，顾渊望着她笑。

有船离港，巨大的鸣笛声掩盖住顾渊刚说出的话。

池渝问：“你说什么？”

“我说，我相信你。”

他摸摸她的头，眼底有着微微的笑意。

此时不远处，有一个光点闪动，那个光点来自于一个手机镜头，而举着手机的人，是孟坤。他原本不过是中途折返回来想取一件东西，却不想看见了这么一出，也听见这样一番对话。

难怪最近看顾渊有点儿不对劲，原来以为他在船上藏个女人不过是给自己找找乐子排遣寂寞，护一护也正常，却没想到，他竟然在打这样的主意。

啧啧啧……

孟坤的眼里满是阴郁，收好手机，快步离去。

“呵，真是多管闲事！”他啐一口，表情扭曲狠厉，“既然你不给兄弟们活路，那你也别想好过。不是要担责任吗？反正要担着，不如全担了呗。”他说着，忽然笑出了声，接着心情颇好似的拨通一个电话。

“梁老师吗？是这样，我有一件事情要和您报告一下……”

第八章

YUANLAITAYEXIHUANWO

我只是想告诉你，
大冷天的别笑得这么傻气

1.

手机屏幕的光有些冷，它暗暗洒在一个男人的脸上。

那个男人面容普通，看上去憨厚老实，眼睛里却透出几分精光。

“这件事我知道了。”他开着免提，并不看手机，反而写写画画，在纸上算着什么似的，“小孟啊，这件事你费了很多心也受累了。但现在呢，事情要说出来，我也怕其他兄弟有个冲动做出什么，所以接下来还得麻烦你去跟一跟……”

他说话很慢，不疾不徐，这样的语调，不管说什么，听起来都是真切而诚恳的味道。

电话另一边连连道：“哪能啊，梁老师，不累不累，我再怎么也不能辜负了您的信任啊……”

被叫作梁老师的男人笑了笑，眼睛眯起来，看着有些木讷。

“那就先这样吧，我会再叫几个兄弟和你一起看着的，你也别太累着自己，年轻人啊，还是得注意身体哟。”

他说着，捶了捶自己的腰：“没别的事，我就先挂了。”

“好嘞好嘞，梁老师回见。”

毫不犹豫地按断了电话，梁老师眼睛一斜，扫向在不远处低头站着的人。

“都听见了？”

那个人一身黑色西装，头发却有些乱，精神像是疲倦的，眼睛却和梁老师一样透着几分阴鸷。

“听见了。”

梁老师停下了笔，好整以暇地靠在椅背上：“什么感觉？”

黑衣男人扯了扯嘴角：“小虾米而已。”

“年轻人啊，真是年轻人啊……”

梁老师笑着摇摇头：“这个世界啊，没有人会永远在同一个位置上。你眼里的小虾米，谁也不知道长大之后会变成什么。”他比画两下，“谁也不知道，它能掀起的风浪，到底是这么大呢，还是这么大。”

黑衣男人将头低得更低了一些。

梁老师站起来，捶了捶自己的腰："年纪大了，不中用咯。有些东西，早晚还是要交到你们年轻人的手上。"他叹了口气，"只是，不知道我这些东西，是能交给你们，还是要交给他们。"

黑衣男人默了默："老师不必担心，学生会谨慎处理。"

"哎，这件事情啊，你们还是不成熟。你看，你刚才不还在小瞧他们吗？"他说，"哎……年纪大了，也爱操心。再让老师给你们上几课吧。"

他低下头，拿起手边的本子。

上面其实不过几个名字。

而在最前边的，一个是"池渝"，另一个，是"顾渊"。

只是，他看本子看得仔细，却没注意那个黑衣男人的表情。男人低着眼睛，明显没把话听进去，自顾自地，也不知道是在想些什么。

2.

办公室里，好不容易加完班的池渝在活动脖子的时候，抬头往窗外看。大概是城市里的霓虹抢了它的颜色，月华看上去有些暗淡。

陆地上和海上的月亮，不一样。

不同于风浪随时会到来的海面，陆地上当然是更舒服的，但即便是过去了将近一周，池渝偶尔在闭眼的时候，也还是会有种从心里蔓延出来的隐隐晃动感，似乎她仍在海上。甚至，连做梦的时候，她梦到的也多是在船舱里的情形。

虽然人已经离开了，身体却因为习惯而自主地留下了记忆，时不时地让她恍惚，也因此总是让她想起一个人。

那天在港口分别之后，她和顾渊就没有联系了。

在船上的时候到底不方便，没条件联系同事及时解答她在调查中遇见的疑点。同时，因为池渝搜集到的线索都太细太碎，即便是努力串联，连起来的线也并不那么完整。所以，她在回来之后，几乎是以最快的速度投入了整理的工作，将所有东西前前后后重新归整，一直到今天才终于做出了一份完整的记录。

池渝松了口气，转头看向不远处运作着的打字机，它滴滴滴地正吐出最后一页。

她一张一张地翻看着，明明是简单的文字，却看得人触目惊心。

难以想象，在她待过的那艘船上，有过这么大批量被走私的假货，物品种类很杂很多，甚至还有一些违禁药物。

这些人，为了钱竟然拿人命开玩笑吗！

池渝深深皱起了眉头，长长呼出一口气。

她知道这份调查报告只能起到一个推动作用，知道它不可能为利益巨大的走私画上句号，知道最后的结局和处理甚至可能不尽如人意……但发现一桩，解决一桩，就少了一桩，也能让其他走私团队风声鹤唳一阵子。

而她能够参与在这样的事情里，也觉得很荣幸。

收好文稿，池渝掏出手机，原本只是想看看时间，却不小心想起一个人。

这部手机有些小，不怎么好用，只是回国之后，她一直没时间去买新的，也就将就了一段时间。

“顾渊……”

她喃喃念了出来，已经很久没看见他了，但好像告别还在昨天，他仍清晰地在她的记忆里。说来，她还要还他钱的，他该不会以为她不联系他是想赖账吧？池渝想着，脑海里浮现出他严肃的模样，一个没忍住便笑出声。

现在不过晚上九点，他应该还没睡。

带着笑意，池渝刚准备拨号，就看见手机一振，原本想要拨号的手指先接通了那通电话。

“忙完了？”

那边的声音很轻，带着笑意，和顾渊冷淡别扭的语气完全不同。

池渝一愣："电话打得够及时啊，我事情正好做完……对了，说起来，在船上的时候还得谢谢你。"

电话那边是她的大学学长，名字叫季晗潇。

说起来怪有缘分的，他们一个新闻系一个法学系，因为一个实习案子而认识，最开始不过是合作关系，后来却成了朋友。季晗潇为人可靠，思虑也周全，池渝在船上条件有限，能记住的号码也不多，从头到尾联系的都是他。

也多亏了他，帮了她不少忙。

"谢我？听起来没什么诚意的样子。"

听筒的另一头，季晗潇关了电脑，取下眼镜，按了按太阳穴，缓笑道："请我吃个饭？"

池渝应得爽快："好啊，现在？"

"嗯。正好我今天加班，从中午到现在都没吃饭。"季晗潇耸着肩膀夹住手机，整理了一下桌子上的资料。

"你们事务所不是一般不加班吗？"

季晗潇回："换工作了。等会儿和你说。"

池渝有些惊讶，季晗潇从没提过要换工作的事情，加上他之前所在的事务所实力很强并不好进，所以他突然说换工作了让她颇为意外。

挂断之后，池渝再看一眼手机，纠结了会儿，还是给顾渊发了条信息："明天有时间吗？"

发完之后就把手机放在桌上，开始收拾东西，一边收拾一边时不时盯着它，可它就是没响。一直等到收完东西，准备出门的时候，手机微微振了一下。

“没。”

连多余的字都没有，真是满屏幕的冷漠。

池渝叹了口气，这个人在很多时候都是一点儿不可爱！

“那好吧，什么时候你有时间了联系我？”

发完之后，池渝一直握着手机，可直到她到了地铁站都没收到回应。

她叹了口气，心道算了，明天再联系他吧。

恰好这时候地铁过来了，池渝把手机塞进口袋，连忙挤了进去。

3.

而另一边，顾渊喝着酒，玩了几下手机就开始发呆。

“喂，你这什么情况？表情不太对啊。”

一只手钩住他的脖子，边问边探头去看手机界面。这边顾渊却是瞬间按键锁屏，凑过来的人只来得及看见屏幕上自己映出来的脸。

那人也不在意，反而对着手机屏幕拨了拨头发：“怎么样，这么久不见，有没有觉得爸爸变帅了？”

顾渊面无表情地把搭在自己肩膀上的手拿下来："你一个女的能不能稍微矜持一点儿？还有，恕我直言，我还真没看出来你哪里像爸爸。"

连清禾闻言右手一拐就想用手肘捅顾渊肚子，然而顾渊的动作比她更快，拽住她的手臂一把提起，顺便把另一杯酒塞在了她手里。

连清禾没死心，左手绕过去想敲顾渊的脑袋，这次顾渊因为刚才的动作牵动了左臂上没好完全的伤口，没能躲得过去，被敲个正着。

于是顾渊的脸色瞬间变得不那么好看了。

黑脸的顾渊是很恐怖的，可连清禾一点儿都不怕。

连清禾笑得一脸灿烂，在感觉到不远处的目光时，还心情颇好地对着那边偷瞄自己的小姐姐送了个 wink。她在临出门前把刚剪的短发抓成了个略凌乱的背头，又穿了一身黑色皮衣，在酒吧这种看不清什么东西的灯光下边，倒真像是个男孩子。

"咱们现在可以好好喝酒了。"她一口干了半杯酒，"等等，不对啊，你还有伤，少喝点儿。"

连清禾说着，顺手把他手上的杯子拿过来，又是一口干了，喝完还冲他挑挑眉："哎，看不出来你这么金贵，那个枪伤这么久了还没好呢？"

顾渊面色不豫："本来快好了，前几天出了点儿意外。"

"意外？什么意外，说出来让爸爸乐乐。"

顾渊冷然道："具体不清楚，但我可能被人盯上了。"

"盯上了？"连清禾怔了怔，"怎么个盯上法儿？"

顾渊沉了口气，几句话就把这次航程里池渝调查的东西描述了一下，连清禾的表情从意外到凝重到惆怅连续变换。

她一口闷下一杯酒，呛得咂咂嘴。

烈酒的作用从来都不是止渴，她只有在两种情况下会这么灌着喝，一是极度的轻松和开心，一是遇见了极度棘手的事情。

两人也不知道是沉默了多久，连清禾忽然笑了："顾渊你行啊，什么事都敢掺和，连这东西你也敢管，你知不知道那些都是什么人？敢做这个的哪个不是亡命之徒？怎么，那个小记者是执行任务，你呢？你搅进去干什么？"

顾渊生硬地答道："我是大副，这是我职责所在。"

"大副？命没了就什么都没了。"她一根手指恨不得戳上他的脑袋，"你看不惯就非要去管吗？又不是没人管！这不是传媒最发达的时代吗。什么大副，顾渊，你就是个小船员你知道吗！你不是什么救世主，手也别伸太远了，你够得着吗？也不怕中间出什么意外，把你给摔死。"

连清禾虽然是个女孩儿，可因为家里的原因，从没有人把她当女孩儿养过。

她自小就跟着四叔涉足商场，看过太多鸟为食亡的欲望嘴脸，因此少有寻常女孩儿的天真，反而精于算计，习惯了凡事利益为重的思考方式，管所有不带好处的坚持都叫盲目。

她知道自己的性格不好，不讨人喜欢，像她这样钻进钱眼里、干什么都带着目的的人，是真的不可爱。

可是那又怎么样呢？被人喜欢很辛苦，要迎合要维持，被人讨厌就容易多了。

她只要好好当自己，就够让人讨厌的。

就像现在，顾渊明显露出不悦的表情："差不多行了。"

"这就差不多了？"连清禾扯了扯嘴角，"是是是，我看啊，你这条命也真是差不多了。怎么，那些人下手挺轻，只是让你伤口加重了点儿，没把你给整死，你就能当没事儿是吧？你知道我遇见过敢插手这种事儿的人现在怎么了吗？喏，这么高……"她在他的肩膀处比画了一下，"那人的坟头草，都这么高了。"

酒吧嘈杂的音乐被隔绝在包厢透明玻璃外边，一束束乱打的光却是无所顾忌地到处洒射着。这时，有一束晃到了他的眼睛，顾渊的耐心终于告罄，起身就想走，然而连清禾轻轻巧巧地开口："惹的事大，脾气也大了？"

顾渊稍停了停："我喝得差不多，先走了。你明天上班，也别玩太久。”

连清禾欲言又止，最终摆摆手：“行吧行吧，下次再见。”

然后就这么看着他走出去，走到拥挤的人群里。人群都在热舞，而他淡漠冷清，看起来格格不入，像是两抹完全不搭的色彩被强行拼凑到了一起。

连清禾觉得自己可能真的和顾渊相克，不管吃饭喝酒，没有几次能好聚好散，最后结尾，不是他有情绪就是她不舒服，真的可以说是乘兴而来败兴而归。

其实说来奇怪。

他们的差别从来都很大，不管是思维方式还是看问题的出发点。她觉得顾渊天真得出奇，顾渊觉得她过于市侩。连清禾家里有产业，现在是她在接管，两人是通过货物运输合作认识的。最开始都看不惯对方，后来也不知道怎么回事，关系莫名地变好了。

很难想象，这样两个人竟然能成为朋友。

她又给自己灌了一杯，随着酒精上头，脑子也有点儿转不动了。

之前，她顺着酒意，一下子想到很多东西，从自己和顾渊的交情转到顾渊这次惹的事情。而现在，所有的东西都被卡在刚才顾渊的一番话那里，再想不下去。

连清禾觉得自己有够头大的。

旁边的杯子里有冰块，她搅了几下，飞快地掏了几块含在嘴里，凉意缓解了因为酒精上头带来的燥热。

连清禾缓了缓，拿出手机，眼睛却有点儿花。果然不该这样喝酒，她这么想，眯着眼睛看了一会儿手机，好不容易找到一个名字。

“喂，你现在在哪儿？”

她百无聊赖地玩杯子：“我知道现在是下班时间，你就不能有点奉献精神过来加个班吗？嗯？刚刚加完也可以再加啊，加班费少不了你的，快点儿，我这儿有正经事。”

困意席卷而来，连清禾揉了揉眼角，除了眼尾带上了点醉意的红之外，她整个人看起来清醒得很。

“地址？我发给你，你可来快点儿啊。”

她把地址一发，整个人便开始放空下来，一手玩着酒杯，一手握着手机。

红红绿绿的追光到处转，偶尔从她脸上扫过，也只看得见她不同于周边人欢愉放纵的不耐烦。

这副样子，居然有点儿像前一刻离开的顾渊。

4.

季晗潇对着满桌刚上来的菜摇摇头，握着手机，满脸的无奈。

池渝掰开一双筷子，搓了搓：“怎么了？”

“加班。”

“你老板？”

季晗潇收好手机：“对，就是刚才和你说的那个有事没事老爱找我麻烦的老板。”他叹了口气，颇有几分咬牙切齿的味道，“原本以为法务总监能比律师平稳一点儿，倒是没想到，稳是稳了，琐事这么多。”

尤其是还摊上这么一个爱找碴儿的老板，季晗潇在心里补充了一句。其实偶尔想想，他也觉得奇怪，他是哪里惹过她吗？

池渝默默放下筷子，喝了口茶。

从认识到现在，季晗潇的脾气一直很好，不论什么时候都是一副温文尔雅的谦和模样，哪怕偶尔被逼急了，也是条理分明细细在说。她没见过他在法庭上是什么样子，但生活里，季晗潇从未有过咄咄逼人的时候。

然而，今晚上不过聊了这么一会儿，她已经从他的脸上看见了几次几近崩坏的表情。看来季晗潇那个老板真是不简单啊。

“那我先走了。”他起身拿起椅背上的外套，看上去有些歉意，“这次对不住，下次有机会请你。”

池渝摆摆手示意没问题：“本来这餐饭就是感谢你的。”她一顿，“不过你还没吃东西，这样直接过去不要紧吗？要不然打包一点东西在路上吃？”

“算了，我饿着还有理由早点儿走，免得她又拖我时间。”

池渝点点头，心里想的却是季晗潇还真是诚实。

池渝便也没有再多说些什么，只是和他挥挥手说下次见。

目送季晗潇离开后，开始对着一桌子菜陷入沉思，不知道这个分量打包回去明天能不能吃得完。

十一月的天已经很凉，顾渊衣服穿得薄了点儿，有风顺着他的衣领钻进脖子。他从来不习惯缩着，即便冷，也是挺直着腰板，不过实际上，他现在整个人冻得发紧，左臂的伤口也隐隐开始疼。

他知道空腹喝酒不好，所以在喝酒之前特意喝了半杯水，现在看起来，那半杯水好像没什么用。

这时候，再掏出手机，解锁，页面停在她发来的信息上。

“那好吧，什么时候你有时间了联系我？”

手机的光映在他的脸上，原本冷硬的线条变得稍微柔和。

他敲了几个字，发送。

手机振了一下，池渝看了一眼屏幕。

顾渊：“现在。”

现在什么现在？池渝往前翻了翻，很快看见了自己之前的信息。

她一愣，拨过去，对方很快接通了。

“你现在有时间了？”

“嗯。”顾渊说，“你上次说要处理完这件事情才会调回总部，那现在的话，你还在这个市吧？”

池渝笑：“在！”

“我饿了，请我吃个饭。”

分明是淡淡的语气，由他说来却像是在下命令。池渝太了解他的性格，所以也并没有因此而感到什么不快。

相反的是，她内心隐隐有点儿期待。

“行啊，地址我发信息给你。”

“嗯。”

顾渊应了一声就挂了电话，摩挲了一下手机。大概是因为一直放在裤口袋里，这个手机焐得比他的手还要暖。

人在冷的时候总会不自觉地往有温度的地方靠，遇到糟心的事情的时候也会希望能够有什么人和事让自己解脱出来。大抵也因如此，生机勃勃和阳光灿烂才被每一个人向往。

从前，生机勃勃对于顾渊来说只和植物有关，他从来不爱什么生机勃勃的人生，只觉得挺麻烦的，要和许多人周旋，他从心里抗拒。

可是不知道从什么时候开始，他也对那些生活有了向往，开始不甘心一直一个人沉默着前行。和池渝不过是短时间的相处，却居然很快便习惯了，而在此之后，他生出一种本该如此的错觉。

好像，他本就应该和谁在一起。

那个人与他差异很大，生活里也并不全是和顺，有吵闹、有不满，可真要抽丝剥茧的论起来，他们又实在相似得很。

这样的改变，大概发生在看见池渝身上细小微光的时候，又或许是在遇见她之前。他分不清楚，没注意改变的过程，只能看见结果。

顾渊只能看见自己现在的想法。

远方的广告牌发着五彩的光，光色蔓延了一条长街，从天上往下看，或许也会有银河的感觉。城市里的光源总是很多的，不管是白天还是晚上，多得能让夜不夜，能让人迷了眼睛。

5.

酒吧里，连清禾已经有些醉了。

她的脸很红，还有些烫，借着酒意拽着季晗潇的衣领硬是不撒手，完全没有个上司的样子。

“你说，我哪一句说错了？”

明明都醉成这样，可她说话却仍条理清晰。

在听完自家老板的叙述之后，季晗潇沉默了。

这是老板的私事，连清禾的那位朋友他不了解，她连珠炮似的抛出一大堆问题，也并不是真的要从他这儿得到什么答案，至多不过是发泄而已，他并没有能插得上话的地方。

这些日子公司很忙，连清禾作为主要负责人连轴转着加了一个礼拜的班，季晗潇不知道她每天能睡多久，但除了能看得出的憔悴之外，她的脾气也处于一天比一天更容易爆炸的状态。

连清禾垂着头还在嘟嘟哝哝着，一副醉鬼的模样，季晗潇看着又无奈又隐隐有些心疼。

这年头，钱真是不好赚啊！

“喂，问你呢，你觉得我哪句话说错了？”

季晗潇觉得，她哪句都没错。

可如果是以前的季晗潇，他估计哪句都听不顺耳。他不知道其他学法律的人选择这个专业是为了什么，但他的初心的确天真又中二——为了正义。

那时候，他对这个世界认知浅薄，不是黑就是白，违背道德不合常理就是不对。却没想到过，掺杂了钱和权之后，世界也会灰蒙一片。简单的事情会变复杂，人心藏在皮囊里，那么难懂。

现在的他，即便内心依然会为一些事情打抱不平，却也学会了表面上的低头服软。人都是要吃饭的，吃饱之后，便想好好生活，而等到可以好好生活，就会把眼光再次放高，去追求更多更好的东西。

而要得到一些东西，当然就需要放弃另一些东西。

季晗潇想，只要放弃的那些不超过自己的底线，他便都可以接受。

可是，在一次次妥协之后，现在他的底线又在哪个位置呢？

“你说得没错，可他也没错。”季晗潇言简意明，“想法不同而已。”

“想法不同？”连清禾笑了，干扯着嘴角，半点儿笑意都没带上。

她忽然爆了句粗口，接着松开了季晗潇的衣领：“想法值多少钱？能抵一条命？多大的人了还像个白痴一样，能在这个位置上活到这么大，老天爷真是够照顾他的。”

季晗潇充耳不闻，反正说的不是他。即便那些话他并不完全认同，可归根究底，这也不关他的事，他既没有打抱不平的义务，也没有和连清禾辩驳的兴趣。

“真是叫人火大。”连清禾揉了一把头发，目光转向季晗潇，“喂，你有对象吗？”

这个问题来得很突兀，饶是季晗潇也没有反应过来。可在思考话题是怎么转到这儿的同时，他已经板板正正地回答了一声“没有”。

“哟……”连清禾钩住他的脖子，挑了挑眉头，“那今天陪陪我？”

在她这句话出口的瞬间，季晗潇总是挂在脸上的笑意消失得一干二净。

他不答，只是那么看着她，一张死人脸把自己的态度摆得分明。

“这么严肃的吗？怎么，我长得这么好看，你又不吃亏。”

连清禾说着就想去挑他下巴，然而季晗潇把头一撇，人也很快退了一步。

温热的触感从指尖擦过，连清禾合起食指和拇指轻轻搓了搓，接着挑起眼睛，就这么望着他。

大概是因为酒精的缘故，她的眼睛里像是氲着水汽，眼尾也有点红。按理该是妩媚的模样，却因为她自身的气质，生生转成了妖媚。

“怎么，这么不给面子？”她坐直了身子，环起手臂，“你就不怕我给你找碴儿？”

季晗潇一句“你找得还少吗”噎在喉咙里了，想了想又换了一句：“我相信连总不是这样公私不分的人。”

连清禾轻嗤，伸了个懒腰。

“那你可能信错了。”她说，“我还真就是。”

接着站了起来，她凑近他一些：“不过我也真是奇怪，你吧，脾气是差了点儿，本事还是有的，又不是找不到工作，干吗待在我这儿受气？”

酒气喷在他的脸上，季晗潇默默屏住呼吸：“短时间内换太多工作，不大方便。”

“哦？”连清禾轻笑了声，“是不大方便，还是另有隐情？”

季晗潇皱了皱眉。

虽然不知道发生了些什么，但连清禾的针对太过于明显，让他想怀疑自己是错觉都难。他觉得，或许在自己不知道的地方，发生了一些奇怪的误会。

“我……”

他刚想问，就看见连清禾打了个酒隔，接着弯下腰来一副想吐的样子。

酒吧里的空气本就混浊，也不通风，季晗潇一直不喜欢这种味道。

尤其是在这种情况下，他更是拧着眉头屏住了呼吸。

“喂，你……”连清禾缓了一会儿，“送我回家。”接着又打了个嗝儿，“放心，不会对你做什么的。我这个人从不随便占别人便宜。”

季晗潇接住她抛过来的钥匙，犹豫了一下，到底没有拒绝。

真是头疼啊，季晗潇按了按额角。

摊上这么一个老板，真是叫人头疼啊！

6.

顾渊来得慢，餐桌上的菜都重新做了加热，因此，看起来也还是热气腾腾的样子。

“热了一下，可能青菜的味道会没那么好，你如果不喜欢可以不吃。”

池渝原本是打算重新点菜，把这些都打包回家自己吃的，可顾渊直接叫了服务员问能不能热，说不必浪费，看了眼前被拆开过的餐具也没有问，只是又拿了一副新的碗筷就默默坐下。不得不说，在一些事情上，他是真的很体贴。

可这份体贴也让池渝觉得不太好意思。

毕竟说好了，这餐饭是为了感谢他的。

“嗯，那个我不吃。”顾渊给自己盛了碗饭，“不过不关味道的事情，我本来就不爱吃青菜。”

怎么和小孩子似的？

池渝在心里默默嘀咕，却不想眼前的人忽然抬头。

“你是不是又在心里说我什么？”

池渝一愣：“啊？”

“别把人当傻子，你想什么我都知道。”

池渝：“……”

“好的，我记住了，我下次一定在心里夸你。”

顾渊抬眼，看见池渝满脸装出来的真诚，扯了扯嘴角。

“我指望你还不如指望一头猪。”说完，他就低下了头，默默夹起菜来。

他时时刻刻都是这副冷漠的表情，池渝却像是有什么超能力，一眼就看出他似乎不大开心。

她还没怎么多看多想，旁边就传来一阵歌声。

池渝转头，看见一群小年轻嘻嘻哈哈唱着不着调的“生日快乐”，七八个人的样子，脸上挂着彩色的奶油，中间有两个还穿着高中校服。满脸的稚气，却也是满脸的青春。

池渝笑了笑，转过头来，却恰好看见顾渊同时收回的眼神。

“哎，你也会看热闹啊？”她像是发现了新大陆似的，眼珠一转，“还是你想吃蛋糕？”

原本不过是揶揄，不想顾渊竟真的放下了碗筷。

在他搁碗的那一瞬间，池渝以为他会说她无聊，或者是找些别的东西怼她，然而令人大跌眼镜的是，顾渊竟然真的“嗯”了一声。

池渝微愣，想要确定似的加问一句：“‘嗯’是什么意思？”

顾渊满脸坦然：“想吃蛋糕。”

也许是他的表情太理所当然，所以衬得她的惊讶像是夸张。

池渝的眼睛瞪得圆圆的，嘴唇却微微抿着，活生生把自己弄成了一个 enjoy 表情。

好一会儿，池渝“啊？”了一声。

顾渊眨眨眼，颊边的梨窝随着他说话的动作深浅而一动一动：“你问这个干什么？是想帮我去要一块小蛋糕吗？”

池渝像是被这样的顾渊给弄呆了，等她再回过神，已经是五分钟以后。

与此同时，那失神的五分钟里所发生的事情，一下子涌入她的脑子里。她也是这时候才反应过来自己做了什么。

于是托着蛋糕的手微微有些僵硬，池渝在心里暗道自己怕不是个傻子，人家明显就说着玩的，可她居然真的跑过去要了蛋糕。

“喏。”

把手往他眼前一伸，池渝的掌上托着一个小小的纸碟，碟子上安静地躺着一小块带着水果的蛋糕。

“他们好像也不够，能拿来的就这么多了。”

顾渊没接，她就把蛋糕往他前边一放。

放下之后，她才发现自己没拿叉子。

“如果用手不大方便，要不……你拿筷子吃？”

池渝其实并不是这么话多的人，之所以这样一连串说个不停，也许是因为自己也觉得自己尴尬。顾渊看见她原本没什么血色的脸笼上一层薄红，先前抑郁的心情也就被这颜色稍微冲淡了几分。

他施施然拿起筷子，夹下一小块蛋糕，模样悠闲，语气惬意：“还真是厚脸皮啊，居然真的跑去问孩子要蛋糕。”

池渝本来就有些泛红的脸色在这句话之后又加深了几分。

可大抵是一下子想不到反驳的话，她于是闷闷低头，看起来气鼓鼓的，腹诽道，这么大个人了居然还这么幼稚。

是啊，这个人真是幼稚，就知道逗她，她才不信他是真的想吃蛋糕。

或者，即便想吃，但他怎么可能吃这种明显是拿来打仗玩的蛋糕呢。

可刚刚想到这里，池渝就觉得自己被打脸了。

因为顾渊真的吃了一口。

那是很便宜的蛋糕的味道，奶油腻人，水果也不新鲜，蛋糕还有些硬了，并不松软。可池渝看顾渊吃它的样子，竟然也觉得不错。

的确是不错了。

他小时候曾经蹲在街边看见过这种东西，那时的他没吃过蛋糕，也不知道什么叫蛋糕，更加分辨不出这种东西的好坏。当年小小的他只觉得飘在空气里的那股子甜香闻着就叫人吞口水，让他恨不得扑上去咬一口。

那时候他不知道几餐没吃，只知道自己饥肠辘辘，蛋糕实在是很大的诱惑。

甜腻的味道在嘴里蔓开，顾渊用叉子舀了一勺："今天我生日。"

池渝刚刚拿好的筷子差点儿就这么掉在了地上。

"你生日？"

"嗯。"顾渊简单应了一声，吃掉了最后一口。

那碟子里的蛋糕是真的不多，小朋友们切得也不规整，算起来也就拳头大点儿的一块。

"小时候从没吃过，所以我对蛋糕一直有些执念。长大了有能力自己买，我吃过许多种，你能说得出的类型，我大概都吃过。"

他说着，却默默咽下了最后一句话——

可惜，现在就算吃到再好再精美的蛋糕，也补不回来曾经的渴望和遗憾。也许后来他吃到的比起当年他想吃的那一块要好很多，可即便如此，他最想要的还是当年别的孩子手上那块小蛋糕。

顾渊从回忆里拔足，嘴里甜腻的味道还没有散，他忽然便笑了。

不过，今天这块好像不错。

也许能和当年的小蛋糕比一比。

池瑜真的很吃这套，她觉得有些不妙，因为只要顾渊露出一点儿的落寞，她就会莫名其妙地心软，莫名其妙地想对他好一点儿，哪怕他才刚刚把她怼得一肚子火。

或者，她只要看见他露出小虎牙和小梨窝，心也会瞬间软得一塌糊涂。

于是，在这个当下，她忽然生出一个想法。

“不是说要吃饭吗？”她往嘴里扒饭，“都热过一遍了，再不吃就凉了，赶紧的，吃饭。”

顾渊看了她一眼，并没有对她别扭的态度和语气在意太多，拿起筷子默默吃起了饭来。

两个人吃饭的感觉真是比一个人要好。也许不想浪费，池瑜一直在吃那盘青菜。顾渊想了想，也夹了一根放进碗里。

“咦，你不是不吃青菜的吗？”

顾渊冷冷看她一眼：“吃你的，管那么多。”

池瑜吐了吐舌头。

果然啊，这就是个喜怒无常的怪人。不过，还是蛮可爱的，池渝在心里偷偷想。

如果要用一个比喻，顾渊就是大型的猫科动物，看上去凶猛可怕，实际上只要摸准了性子顺好了毛，就是一只小猫咪。

顾渊并不知道池渝心里在想什么，只是看着她的眼睛弯成月牙状不停地偷瞄自己，里边有融融的暖意。

或许是她的样子比较下饭，顾渊觉得今天的青菜可以接受。

吃完之后出门，对比饭店里面的温暖，外面实在有些冷，张一张嘴都能看见一团白雾。

“哎呀，忘事了！”池渝一拍脑袋，扭身把顾渊往门里推，“你先进去等等我，我去那边买个东西。”

顾渊站得定定的，没有被推动：“一起去？”

“不是，女孩子的东西，你去干什么？”

池渝说得含糊，顾渊瞬间明白，一下子不自在起来。

“那我等你。”顾渊轻咳一声，转身走了进去。

进去之后才发现她的包还在他的手上，于是他顿了顿，随后脚步一转又出了店子。

同一时间，池渝也发现自己的包应该落在顾渊手上，她并没有回头，带着几分忽然而至的愉悦脚步轻快地奔向附近的便利店。

她并不是粗心的人，相反十分仔细，从她在船上的调查就能够看出来。可就是这样的一个人，却每每在他面前变得失去水准、丢三落四。

池渝说不清为什么，也懒得去想。

一些奇怪的心事如果执意去追个起始和缘由，也许就会在追寻的过程中迷失方向、失去判断。

情感这种事只有顺其自然，时间会把迷眼的东西剥开，现出最本真的答案。

池渝买完东西，一个转身就看见顾渊，她下意识地拿着塑料袋往身后藏。

“不是说让你在店里等我吗？”

顾渊扬了扬手，手里提着的是她的包：“你没带包，怕你不能付账，给你送一下。”

池渝笑：“我手机支付过了，走吧。”

她的鼻尖和耳朵冻得通红，眼睛在夜色里一闪一闪，让人忍不住想要摸摸头。顾渊这么想着，也就摸了一下。

池渝意外：“怎么了？”

“只是想告诉你，大冷天的别笑得这么傻气。”

他们的身高差有点儿大，顾渊在和她站得这么近的情况下，只能稍低头和她讲话。

“也不怕牙被冻着。”

这句话让人听了就想笑，可偏生说话的人一本正经。池渝到底是忍住了心底莫名翻涌的笑意。

“好好好，你说什么都是对的，我不笑了。”她在嘴边做了一个拉住拉链的动作，“那现在我带你去一个地方？”

路灯的光被垂下的树枝划得破碎，而远处的街灯斜斜照射过来，便有一种电影里的光影效果，把池渝的轮廓照得分明。

因为距离太近，顾渊低头便能看见她脸上细细的绒毛和被冻出来的小疙瘩。

“这么冷的天气，你想去哪里？”

池渝不答反问：“你明天有事情吗？”

顾渊摇头。

“你现在很冷吗？”

事实上，顾渊是有些冷的，可方才他借口不冷，把自己的围巾围给了她。在这样的情况下，他当然不可能承认。

于是继续摇头。

池渝缩在他的大围巾里，笑得很是欢畅：“那你跟我走就行。放心，总不可能卖了你。”

池渝的笑像是有感染力，每每看见，顾渊都会忍不住和她一起勾起嘴角。也正因如此，每当此时她跟他提要求，他总是不忍心拒绝。

你就知道用这一招对付我，也不怕用多了失效。顾渊心道，却没有把话说出来。

他点头：“走吧。”

第九章

YUANLAITAYEXIHUANWO

不是一个人，现在我有你

1.

池渝带顾渊去的地方是江边。

不同于大海的一望无际，在这里，稍微眺远一些就能看见江面上倒映着的对岸的灯光。只是那倒影并不清楚，对岸有楼有树有路灯，水里却只能看见一片模模糊糊摇晃着的光影。

江边有一块人造白沙滩，池渝站在沙滩前，指着地上一摊白问："你看，这里像不像雪地？"

夜里的水边是很冷的，不论溪河还是江海。

顾渊能看得出池渝很冷，可即便如此，她还是很兴奋地一下子跳进沙滩。

“我第一次来这里的时候是夏天，当时太阳很大，这地上白茫茫一片，我站在这个地方连眼睛都睁不开，被这一片白刺得像要瞎了似的。可这个地方真好看啊，尤其是傍晚的时候，沙地被夕阳染成粉橘色，很暖很暖。那时候我还没毕业，在这儿拍了一组照片，对别人说我是站在雪地里拍的，居然没有一个人怀疑。”

顺着她的话，顾渊打量了一下四周，的确，这个地方看起来很像是雪地。

“只是后来还是暴露了，记得最开始暴露的时候，我还被他们‘批判’了一顿，说我消费他们的信任。不过也还好，就算我消费了他们的信任，他们还不是要原谅我？”她笑得前仰后合，“总不能从此就不和我玩了。”

“万一真的不和你玩呢？”

池渝一顿，很快又笑出声：“不会的，他们人可好了，才不会因为这个就抛弃我。怎么，如果是你，你会因为这个就抛弃你的小伙伴吗？”

顾渊踩进白沙滩，脚下是松松软软的一片。

“那要看是谁。”

池渝凑过来：“那如果是我呢？”

“你？”顾渊不动声色地把手从口袋里拿出来，冰凉的手钻进池渝温暖的后颈，冰得她一个激灵。

“喏，冰一下，就算原谅你了。”

“这样吗？”池渝捂着后颈，好一会儿才反应过来，“可我没骗你啊！”

“那你也可以还回来。”

顾渊站得笔直，不动如山地立在那里，池渝抬头看了几秒钟，还是吭哧吭哧地决定宽宏大量原谅了……

长这么高，她怎么去冰他？踮着脚还是跳起来？！

“算了算了，看在今天是你生日的份上不和你计较。”

顾渊微愣，刚想说之前在餐馆里他是瞎说的，就看见池渝从包里掏出一把铁丝似的东西，赶紧把话咽了回去。

“喏，我想买烟花的，可店子里没有，想买蜡烛，可是只有白色的那种，所以没买。”她蹲下身子，把手里铁丝串起来的小灯泡围着他摆成了一个圆，“和那些东西最相似的，怕是只有这个星星灯了。可就算是星星灯，那里也只剩下这两米，还不送电池。”

池渝摆好之后，按了一下开关。

就像是瞬间被这星星点点圈住，顾渊的脚下亮起一小圈的光环。

而池渝就蹲在边上，仰着头朝他笑。

“怎么样，我是不是很机智？这个替代品好像也不差嘛。”像是一只等待主人摸头夸奖的小动物，池渝兴奋地邀功，“你的生日是阴历还是阳历的？如果你不告诉我，我就只能记这个十一月十八日了。”

顾渊一时语塞：“我……”

池渝眨眨眼：“你什么？”

“没什么，你就记这个日子吧。”

就记这个日子是什么意思？池渝撇撇嘴，既然他都这么说了，那就记这个呗。

“对了！”池渝从包里小心地掏出一块小蛋糕，大概是巧克力味的三角切块，外层的奶油上粘着些许坚果碎片，面上有巧克力酱和小樱桃，“之前吃的蛋糕是为别人生日准备的，这个是专门给你的，你要不要吃一吃？”

顾渊酸着鼻子站了很久，他蹲下身子，接过她的蛋糕。

“我说是今天生日你就信？说不定我就是随口说着玩的呢？”

“说着玩的？不是今天？”池渝蓦然睁大了眼睛。

而顾渊就这样看着她。

星星灯发出的光好像尽数被收进了那双眼底。

他叹了口气，到底不忍心说实话。

“是今天。”

“是就好了！”

顾渊在心底又叹一声，还真是说什么她都信啊……

所以，这也许就是传说中被人卖了还帮人数钱的傻孩子吧？

“快许愿！”池渝兴冲冲地说。

“许愿？”

“嗯，虽然没买蜡烛有点儿麻烦，不过我们可以手动操作。”池渝握着星星灯开关，“你等会儿对着蛋糕吹一口气，我就把开关按掉，权当是吹了蜡烛。”

顾渊一个没忍住，脱口就想说这样幼不幼稚？当话真的到了嘴边，他又不忍心说出口了，反而真的就这样配合她对着手里的蛋糕低了头。

而池渝就等在一边，等他再度睁开眼睛，对着蛋糕吹一口气，她飞快按了开关。

星星灯瞬间熄灭，好像真是被他吹灭的似的。

“好了，可以吃蛋糕了。”

池渝站起身来，舒展身子踢踢腿。蹲了那么久，她的腿实在有点儿麻了。

顾渊拆开透明的盒子，用叉子挑起一块蛋糕，池渝正等着他吃完告诉她味道怎么样，却不料他一伸手，先就把蛋糕递到了她的嘴边。

“干什么？”

“你先吃。”

池渝本要推托的，可转念一想，以顾渊这样的性格，怕是难得给人喂个东西吃，而既然如此，她也不好驳了他的面子。这么想了以后，她也便就着他的手吃了一口。

抬头，却见顾渊一脸怪异的表情道：“我是想给你自己拿着吃，怎么，这么想让我喂你？”

池渝几乎就呛出来。

那样子分明就是喂她的架势，哪里像是在递叉子给她？

相比较起池渝的激动，顾渊却是满不在乎的样子。

他注视着地上的星星灯：“其实，生日有什么好过的？我都没怎么过过。”

池渝背着他翻个白眼。

这个人啊，总是口是心非。嘴里说着不在乎，可看样子，分明在乎得紧。

“知道啦，不过生日本来就是这样的啊，哪怕自己觉得无所谓，身边也一定要有人重视着，在这个世界上才不会感觉孤独，才活得有意义嘛！”

顾渊定了定，想起这么多年都是默默度过每一个生日的自己，也没有孤独的样子。不过，过了今天，也许从此不会再一样。

没有也就罢了，但既然感受过了温暖，还能够甘心回去孤寂吗？

他淡定地咽下蛋糕：“每个日子，都是一年一次，哪个不特殊？”

“你就一定要和我抬杠吗？”池渝白了他一眼，“特别的日子里，快乐是可以加倍的。就像七夕和情人节，你看街上那一对对的，他们可能也每天在一起，可就是那一天会特别特别开心。”

“你说得也有道理。”

“是吧！”池渝笑弯了眼，“生日就应该热热闹闹的，虽然我们只有两个人，但比起你自己，还是多了两倍！所以，干什么一个人过？”

他愣了很久，久到池渝开始担心下一秒他是不是又要怼她时，他笑了一声。

“不是一个人，现在我有你。”

2.

他说的这几个字，可以有无数种解释，一时间池渝心底泛起了异样的波澜。

这也许就是中文博大精深的一面，她更希望一句话只能表达一个意思，这样子她也就不用忽然紧张忽然忐忑，担心自己误会了什么。

“什么你有我？”

“现在啊，现在你不是在我身边吗？”

“哦……”

比起顾渊的坦然，池渝却是有些慌的。她吞了下口水，维持住自己镇定的假象，心里却忽然闪过一个念头——

你说我心里想什么你都知道，那你知道我有点儿喜欢你吗?

这个念头像是平地里的一声惊雷，以让人措手不及的速度炸响在她的脑海里。池渝被自己的这个想法给吓了一跳，这东西哪儿冒出来的？什么喜不喜欢的?

她对顾渊……

池渝不自觉地转了头，望向顾渊。

而顾渊像是有感应似的也转过来。

“怎么了？”

池渝飞快转回去，欲盖弥彰道：“没什么啊，随便转转脖子，有点儿僵了。”

说完，她真的就这样上下左右晃了起来。

好在顾渊转换了话题："你每年的生日都是和朋友一起过的吗？"

池渝还纠结在自己的胡思乱想中，一下子没跟上，错愕道："啊？"

顾渊重复："你每年的生日，都是和朋友一起过的吗？"

"也没有。"池渝不敢直视他，"小时候会特别重视生日，长大后，发现对生日的期待也就那样，朋友们热闹一场之后也还是要独自回去，面对自己又长了一岁却还一事无成的现实，渐渐地，也就不那么期待了。"

"或许吧。"顾渊掂了掂手里的小盒子，"越长大，就越现实。"

"也并不是每个人都这样，像大家都说长大后的爱情都是现实的，虽然我也承认生活和工作很重要，却并不认为感情就一点儿都不重要了。我希望能自己养活自己，希望生活里的小美好都是自己带来的。虽然不一定要谁时时陪着，可我还是希望能有一个喜欢的人，时不时给我额外的惊喜。"

池渝也不知道为什么自己要反驳他，更不明白为什么她会一口气把心里话全说了出来。

但说完之后，她总觉得自己像是在暗示什么，心底惴惴，忽然就有些害怕。

害怕他看出来，又害怕他根本不在意，毫无所觉。

害怕到觉得身边的空气都凝固了似的，不敢和顾渊说话。

头顶一个带笑的声音流淌下来：“我也是这么想的。”

3.

周遭灯光昏暗，白沙滩便显得很亮。它反射了所有能够反射的光，尤其是晚上，因为有所对比，盯着看便觉得更加刺眼，容易叫眼睛不适。也大概正因为是在这样一片纯色里，所以，哪怕出现再小的东西都会变得突兀和显眼。

池渝还没有来得及想好自己应该怎么办，就感觉顾渊抓住了自己的手臂。

大概是心里有鬼，池渝的反应很大，她几乎整个人都哆嗦了一下，却不想抓着她的人忽然凑近：“别动。”

池渝下意识听了他的话，整个人站得僵僵的：“怎么了？”

顾渊不动声色地瞟了一眼周边。

那儿有一棵树，树身粗壮，如果有心想躲，那么即便是一个成年男人站在树后也看不见。

而就在刚才，顾渊看见树后有个影子闪过。

他不知道那是谁，不知道对方是抱着什么目的，却下意识觉得有些危险。也许人在紧急关头都会有这样的反应，像是老天给的提醒，像是一个不怎么好的征兆。

顾渊顺着自己抓住的手臂滑下，紧紧牵住她的手。

在那一瞬间，池渝恍惚听见了自己心脏的跳动声，一下一下，像是撞在哪里。

恰时，顾渊问她：“你有没有听见什么声音？”

池渝整个人都凌乱了，忙慌张笑道：“什……什么声音？”

顾渊的注意力不在她的身上，他只是暗暗环顾着四周。

白沙滩的人不多，尤其是这样冷的晚上，会来这儿的人更少。但还好，在不远处有个三岔路口，只要走到那儿，再拐一条街就能看到夜市。

正规划着路线，顾渊忽然感觉到了什么。

“你很热吗？手心怎么出这么多汗？”他凑近了她一些，“脸也有点红。”

池渝打着哈哈想把手抽出来：“不是，我……对啊，真的有点儿热。”她掩饰般用另一只手给自己扇着风，“奇了怪了，这么冷的天，我怎么这么热呢？”

顾渊却把她抓得更紧了些：“那我带你散散步凉快凉快。”

说完，顾渊拉着她就走。

顾渊人高腿长，走得很快，池渝几乎是被他拉着小跑着跟在他身后的。然而，冷风扑面，却没有带走脸上的热气，反而烧得越来越厉害，让她整个人都晕晕乎乎起来。

“我们往左边。”

不知道是不是怕她听不清，顾渊声音比平时稍大了些。池渝在他身后点点头，正准备和他往他所指的方向走，却不想他迈了几步之后一拍脑门。

“错了，是另一边。”

说完，他绕回来。

池渝还没来得及疑惑，就看见身侧原先朝着左边走的路人脚步一顿，望他们一眼。这个眼神有些奇怪，带着几分危险的味道。

而池渝方才抬头，正正撞上这一道视线。

那人眼睛一眯，手上有个东西闪着寒光晃着了池渝的眼睛。她微顿，还没来得及仔细去看就听见顾渊低吼一声——

“跑！”

紧接着，抓着她的手臂一紧，飞快地往反方向跑去。

那人反应也快，紧跟着他们就追了起来。

这个变故对于心不在焉的池渝而言，仅在电光石火之间而已。她只知道跟着顾渊跑，只知道或许是遇到了危险，一下子想不出别的什么东西。

然而就是这个时候，对方扔出来个什么东西，砸中了池渝的膝盖，她脚下一崴，眼看着就要跪倒下去！却也正是这时，顾渊回头，眼也不眨一个扫腿踢过去一块石头。

那人跑得很急，石块正好冲到他的脚下，他反应不及踉跄了一下，很短的时间，却足够顾渊动作了。

顾渊的动作一点儿都不温柔，蹲下身子扛着池渝就跑，像是扛着一袋米似的。那一下力道让池渝觉得肚子仿佛被重捶了一拳，眼泪都要疼出来了。

不过，这是“又一次”。

又一次，她又成为他的麻烦，而他没有丢下她。

那个男人在后边追着，他们前面忽然出现了辆车，从车上下来的人手里也各自拿着东西，被倒挂着的池渝并不能完全看清，但根据情况判断，那些人应该和后面的人是一伙儿的。现在抢劫的都这么嚣张了吗？还这么有远见？前后包抄？

顾渊整个人明显就僵了，可那僵硬也不过一瞬间。

池渝被扛着，头冲着下面，脑袋有点儿充血。

她捶着顾渊：“你放我下来？”

“少废话。”

顾渊说完就转向那伙人：“要钱？”

那伙人不说话，只是拿着东西盯着他。

而顾渊一面低头拿钱包，一面注意那些人的动静。

那群人慢慢靠近他们，想形成一个包围圈。一旦对方这个圈真的包起来，池渝想，他们怕是就跑不了了。

这块地方的人不多，却也不是完全没人。

然而，“能不惹麻烦就尽量躲着”的想法大概是每个人都会有的，在面对前方未知的危险的时候，英雄主义和正义感总会犹豫。因此，就算有人看见这边的情况，他们也多是装没看见快步走开。

大概也担心拖久了生变故，那些人飞快交换一个眼神就要上前拉人。

池渝心底一惊，他们看上去不是要抢钱的，虽然不知道为什么，可明显是想把他们弄到车上去。

缠斗中，顾渊不得已放下了池渝，在转身的那一瞬间，他的背上挨了一棍，铁棍打在肉上的声音很闷，池渝单是听着都觉得心里一紧。

顾渊生生咬牙受住那一棍，没一点儿犹豫地弯身扫腿，狠狠挥拳打在离他最近的那人的腹部，利落干脆，空手夺来一根铁棍。那些人似乎被激怒了，出手没有章法，就是齐刷刷地挥着手上铁棍一顿乱打。慌乱中，顾渊的第一反应是把池渝推了出去。

兴许对方的主要目标是顾渊，池渝被推出去后没有半分犹豫，转身就往人多的地方跑，也不回头，只是拼命地跑。

她能听见后面的打斗声，能听见追着她来的脚步，可她什么都顾不得了，她不能停下，否则他们怕是真的没有希望了。

而就在跑了一段路之后，池渝听见前边有警笛的声音。

从转角的地方开来一辆警车，眼见着就要朝另一边驶去，池渝一愣，用最快的速度捡了石头朝警车掷去——

她身后的人见状想要阻止，一个飞扑上前想要阻止她，然而已经晚了，池渝的动作比他更快。

下一秒，石块砸在了警车的玻璃上，车子停了下来。

从车上下来两个穿着制服的警察，面色严肃，看起来心情非常不好。

可就在他们开口之前，池渝已经扑上去抓住一个警察的手。

她很慌很怕，却强自镇定下来：“那边，抢劫！”

4.

当池渝和顾渊录完口供从警局出来，已经是凌晨了。

两个人都觉得这不像是普通的抢劫，对此，他们在录口供的时候也说得清楚。负责记录的警察也面色凝重，问了许多细节，最后，说等处理结果出来再联系。

也许是夜深了的缘故，外边的温度越发低了起来。

“你没事吧？”她问。

“没什么。”顾渊活动了一下筋骨，“其实他们就打到了我两三下，问题不大。”

顾渊喜欢逞强，池渝不是不知道，哪怕当初遇见海盗受了枪伤，他也表现出一副若无其事的样子。这个人实在是很会装，也实在让人担心。

“你不去医院吗？”

顾渊想了想：“去是要去的，但也不着急。明天吧。”

“明天？还是现在吧，正好我能陪你。”她说，“万一你有什么内伤呢？”

顾渊神色怪异：“如果真是那样，接下来的剧情大概就是我昏倒在外，被世外高人救了一命，变成了下一任万人敬仰的大侠。”

池渝：“……”

“我没和你开玩笑。”

顾渊弯了弯嘴角：“好了，等送完你回家我就去。”

池渝顿了顿：“不要我陪你吗？”

“不用。”

低下眼睛，池渝的心里有些堵。

两个人默默又走了一会儿，她才再次开口：“那如果我想陪你呢？”

顾渊偏头看她：“不用，我不大习惯。”

池渝脱口而出：“那你习惯一下就好了啊！”

“不喜欢这样的习惯。”顾渊淡淡道。

习惯这种东西是很可怕的，他一个人过了这么久，不论是什么样的事情，他都可以一个人做。这样很好，就像习惯了孤独也就不会觉得孤独，这没什么。但万一在被打破之后又要回到原地，那种滋味实在不会好受。

池渝知道顾渊在顾忌什么。

她不知道什么时候练就了这样的能力，能够读懂一部分他不出说来的东西。但这种能力好像没有什么用，因为，即便读得懂，她也没有办法反驳。

没错，她是喜欢他的。

可他不是。

他们的心情并不一样，所以，即便有无数句想说的话，她也没有那个说话的立场。

“那好吧，你自己小心。”

顾渊应了声：“嗯。”

那个晚上，是顾渊送池渝回家的。

其实池渝独立习惯了，也不需要谁照顾，但有人关心的感觉还是很好。

走在顾渊的身边，池渝不时落下几步偷偷打量那个挺直的身影。

这个人啊，实在是很好的。

而这样的好，真是很容易让人喜欢上的。

他们在楼下说了一阵子话。

池渝突然回忆起当初他意气风发说自己要当船长的模样，忽然有些心酸。

明明不是他的错，却要陪葬他的未来。

她不知道该说些什么，低着头闷着难受。

一只手落在她的头上。

“干什么一副难过的样子？”

她的手慢慢地握成拳：“我会把真相找出来，会把公道还给你。”

“真相？”顾渊移开目光，望向很远的地方，“有几个人在乎呢？”

“当然有。”池渝猛地挺直身体，“也许大多数人都在妥协，但总有人在乎真相。你放心，也不全是为了你，就像你爱航海，我也热爱我的工作，找出事情的真相是我工作里的一部分。”

她说：“相信我，我会做好。”

顾渊看着她，一秒，两秒。

他突兀地笑了：“你会是一个好记者。”

他说：“可是这件事，尽力而为。”

池渝正待开口，被顾渊打断：“你还有很长的路要走，如果现在办不好，以后再翻也是一样的。别在长大之前，折在这里，失去了以后的机会。”

也许他说的是对的，可如果真这么做，顺着情势弯曲着长大，遇见什么解决不了的都想着以后再办，恐怕也会在其中失去对抗的精神。

经过这一夜，池渝觉得自己比之前更纠结了一些，一边想要更加靠近，一边却又不敢靠近。

躺在床上，池渝小心地守着这些小心思，生怕被人知道，却又十分想要找人开导，哪个念头都打败不了哪个，真是叫人平静不下来。

沉浸在小小的纠结里，池渝没有料到，这一夜之后，她便很久没有再见过顾渊。

5.

“蠢货！”梁老师的手指几乎戳到了黑衣男人的鼻梁上，他大发雷霆，“我是怎么和你们说的？你是嫌事情还不够乱、我们还没被注意到？你就这么沉不住气？”

黑衣男人自知理亏，便只是低着头，一声不吭。

梁老师深呼吸了几下：“一个饭桶找了一群饭桶，捅出来的娄子，还要我这个老头子来担。你说说，我能指望你们点儿什么？”

男人依旧不说话。

梁老师再次深深吸了口气：“算了，这次打草惊蛇了，我们也没办法再私下解决。”他沉了沉，“你去把小孟找来，我有话和他说。”

黑衣男人终于发出一个单音：“是。”

梁老师似有深意地望他一眼：“年轻人啊，做了一次两次错事不要紧，重要的是在里面吸取教训，你知道吗？”

男人弯腰：“是。”

“走吧。”

梁老师挥挥手，接着，端起一杯茶。掀开杯盖，有雾气冒出来。

那雾气袅袅，弥漫在他的眼前，像是盖了一层白色的薄纱。

将一切将起未起的波涛，都模糊了下去。

两个月的时间，从秋天到冬天，对于沉浸在忙碌的工作中的人而言，并不算久。

比如池瑜，在她交出那份调查结果之后，主编马不停蹄又给她安排了一个新的工作，说后续事件要交给相应的机构处理，他们这儿只能暂停。

的确，记者完成他们的资料收集整理和上交，这个事对于他们来说就告一段落了。

但到底是从开头跟到现在，即便不管了，池瑜也没办法完全把它放下来。她希望能第一时间看见这件事的结果，也希望它能够快点有个结果。

然而，她却再没有听过关于这桩案子的后续进展消息。

许久之后，她才后知后觉，感觉哪里不对。也是这个时候，她回头去找了当时接手后续追踪报道的人，才知道，这件事情出了意外，而顾渊竟在那时就陷入了麻烦。

听说拿到调查资料，公检的人立刻就去查了这桩事情。因为牵系太广，调查进行得并不顺利，与之相关的人越扯越多，甚至到后面大家都不敢再继续深挖下去。最后，这件事情竟然归罪到了顾渊身上。

确实，明面上看，如他们所说，大副主管货运，货物出了问题和他脱不开干系。

但实际上呢?

池瑜坐在书桌旁，把这些天重新搜集的资料一一摊在桌子上，她细细梳理许久，最后理出的内容却让她惊出一身冷汗。

也许她这一次拿到资料的手段并不正当，可在这样的时候，她也不太顾得正不正当。对于她而言，公道重要，真相更重要，只要两相权衡对大于错，那便是值当的。

而现在，这些证据显示，走私组织的人或许早就知道她，甚至时间可以追溯到她还在船上的时候。

他们既然知道她这个小记者的存在，那么，也知道在船上的时候，护着她的是顾渊。

而如果真是如此，那么顾渊这一次就不只是被顶包，还有迁怒和报复。他们或许认为是顾渊断了他们财路，于是理所应当地要收拾他。

所以，通过栽赃嫁祸，他们把许多事情都扣在顾渊头上。

反正顾渊是个死心眼，连他自己都觉得自己有责任，这种事情他一定会扛。

池渝从前就担心顾渊的责任感太重，容易被人利用。

现在，她担心的事情，真的发生了。

第十章

YUANLAITAYEXIHUANWO

那你到时候，记得帮我收个尸

1.

池渝在知道这件事情之后，第一时间就联系了顾渊。

可惜这个时候，她已经联系不上他了。

池渝甩甩头，努力让自己冷静下来。

她是记者，就应该找出真相。这句话，她从来不是说说而已。

当时顾渊笑着叫她蜻蜓队长，她不知道那是什么，可回来之后无意间想到，于是上网搜了一下。然后她认认真真地看完了那个带着浓浓年代感的剧。

就池渝而言，她是很喜欢那个角色的。或许她做不到绝对不漏判任何一件错事，可至少在能力范围之内，她想努力一把。

那些真正的幕后黑手，他们藏得深且隐蔽，可就算这样也不代表他们就能够为所欲为。哪怕他们有什么后台，可今时不同往日，这件事已经被摆在了明面上，那些人就算要压下去，也不可能在短时间内遮盖得天衣无缝。

他们需要时间，现在也被盯着。这么想想，那些人大抵没办法在这个节骨眼儿上动手。

池渝深呼吸了一口气。

因为那些人现在不方便进行大动作，顾渊或许暂时不会有危险。可即便如此，他的日子也未必好过。

做这种勾当的人，说得轻了是贪财胆大，说得粗暴点就是一群要钱不要命的亡命之徒。他们只知道，挡路的都是路障，而路障都该被清除。

池渝才刚刚分析着安慰过自己，可这个时候，她又不由得再次担心起来。

人的想象力总是很丰富的，尤其是在面对未知又在乎的事情，更是难免会往不好的地方去想。

也不知道，这些日子顾渊是怎么过来的。

池渝做了好几个晚上的噩梦，梦里，顾渊浑身是血仿佛从地狱里走来，她看不清他的样子，只知道那就是他，一定是他。

每每从这种梦中惊醒，池渝总会第一时间去拨他的电话，然而对面总是无人接听。她慢慢开始慌了，为自己不曾了解的心，为那个生死不明的人。

在同一片星空下，和池渝失联的顾渊也在担心着池渝。

他这段时间并不好过，走到哪里都会遇到一些故意寻事的人，手机在打斗中丢失，他甚至都没办法出去买新手机。

比起他自己，顾渊其实更担心池渝。

2.

有人说，水手都是搏命的生计，海上凶险，随时都会没命。但在顾渊的眼里，大海却是最安全的所在，比起这处处危机时时防备的陆地生活，他更渴望回到海上。

仔细确认身后没有盯梢者，顾渊从黑暗中走出，一个闪身进入一家酒吧。

这家酒吧有连清禾的股份，安保系统也不差，还算安全，而这间包厢几乎算是连清禾的专属，在她不来的时候，这间总是空着的，就算酒吧生意再好人再多，也不会放人进来。

“来了？”

顾渊低头关门：“嗯。”

连清禾跷着二郎腿，晃着酒杯：“这几天怎么样？有没有后悔管这件闲事？”

顾渊在她身边坐下：“再这么阴阳怪气就别见面了。”

“行行行，好好好，你是老大你说了算。”连清禾放下杯子，心道自己真是命苦，帮了忙还讨不到好，也顺便在低头的时候默默问候了顾渊大爷，“来喝两杯，我有事情告诉你。”

顾渊也不废话，端起眼前的酒就往嘴里灌，灌完直接问：“说吧。”

连清禾似笑非笑：“不如你先猜猜是好事还是坏事？”

“我能有什么好事，直接告诉我有多坏就行了。”

连清禾极缓慢地点点头，稍微组织了一下言辞：“顾渊，来我这儿吧。”

顾渊闻言一顿，转头望她。

“那些人没有你我想的那么耐心，这件事……怎么讲呢，牵扯范围出乎意料的广，我只能说他们的能耐挺大的。”

连清禾平日里总是一副玩世不恭的模样，可一旦认真起来，还是颇有几分商场新贵的气势和威严。

“去你那儿？”

“对，你该不会以为自己在外边晃荡了这么久没出事就真的不会出事了吧？”连清禾往后一仰，一副大佬的坐姿，“这件事情往大了说能扯到黑手党，他们的组织可不在国内，跨国抓捕的难度很大，可是他们要出手却并不复杂。怎么说呢，你碍着他们的路了，又正好站在了这个位置上，不出意外的话，你……”

“那个追这件案子的小记者呢？”

连清禾一愣，接着气笑了：“你泥菩萨过江自己都快化了，还有心思关心别人？”

顾渊淡淡然：“随口问问。”

连清禾轻嗤一声：“是吗？可我不知道。”

顾渊正欲再说些什么，连清禾却先截了话：“我没那个闲心管别人，我连自己的事情都管不过来了，你以为我时间很多很空还是怎么？顾渊，我只有一句话，都是兄弟，爸爸也不想看着你死。要么你来我这儿，我想办法保一保你，要么你继续自己扛，到时候我看情况给你收个不知道全不全的尸。”

顾渊转头，看见连清禾眼底淡淡的青色。

正如她所说，她很忙事情也很多，即便再怎么不像女孩子，可她还是一个女孩子。她能够摸爬滚打到现在，和豺狼虎豹抢资源，还做成这样，实在是很不容易。

从前顾渊还能帮衬一把，可现在呢？现在的他确实自身难保，也许还会给她带去麻烦。

而他并不想成为谁的麻烦。

“那你到时候，记得帮我收个尸。”

顾渊这句话就像是一桶子油，狠狠泼在连清禾心里的火上，顿时火星迸溅火苗蹿起，溅到哪儿哪儿便生起新一簇火光。那火光烧得她眼疼心气燥，只想找个地方狠狠发泄出来。

连清禾舔了舔嘴唇，眼神一刹那间变了，一拳揍在顾渊的肚子上。

她打人从来都很用力，尤其这一拳还真的带了怒气："顾渊，别逼我说脏话！能不能收一收你的高傲？偶尔接受一下别人的帮助不会死也折不断你。我说忙说累，但既然还有气儿帮你想办法，那就是我还能顶得住，这种时候，你只要接受就行。如果觉得不好意思，那就说话好听点儿，别磨磨唧唧还要浪费我时间来求你。"

顾渊疼得捂着肚子倒吸气，腹部是最柔软也最柔弱的部位，这丫头下手是真狠，他真有一种神经绷紧、内脏错位的感觉，甚至喉头都涌上了一丝腥甜。

如果放在平常，如果这是稀松的一件小事，她的帮助他不会拒绝。

可就像她说的，事情已经扯到黑手党，那么现在的他就是一颗炸弹。自己炸了就炸了，最坏也不过就他一个人，但如果因为他牵连到无辜的人，那比炸他几次还要难受。

"那你就别劝我。"顾渊勉强平复了呼吸，"我行得正做得直，没干过什么亏心事，要说有什么没做好的，那就是督察不力，没能提早察觉出这个隐患……”

“废话！”连清禾怒极又送出一拳。

顾渊硬生生挨了，疼得直抽气。

“你以为我现在是在和你商量？你以为自己走了就什么事都没有了？你觉得自己还挺英雄挺有担当的是吧？我告诉你，你要能撑过这么一程，这件事或许能有个明白，可你要在这个关头有个万一，不但事情扯不清楚，那些脏水全泼你身上了，这个案子也可能不了了之！”连清禾站了起来，“怎么？不是在乎真相吗，不是想要个明白吗？你死了怎么要明白，要我把结果烧给你吗？”

顾渊捂着肚子，从来挺直的背脊也弯了下去。

他当然想要真相，他从来就是在乎真相的。

可是，他不想连累她。

见顾渊不说话，连清禾叹一口气。

“这样，两天，我给你两天。”她扔了一部手机在他身侧，“你考虑一下，要不要来我这里。你放心，我再怎么和你有交情，本质上还是个商人，如果这件事情对我的损害太大，我也有可能随时放手不去管你。可现在，我既然已经有了前期的投入和策划，你至少让我有个实验的机会。我试试，如果不行，我就放弃，到时候你再自生自灭也是一样的。”

连清禾并没有告诉他，那边的人恐怕这几天就要动手。所以，顾渊不去她准备的地方，她也会找人跟着他。

连清禾不认为自己是什么优柔寡断爱管闲事的人，她对自己的认知，从来只是商人。她够冷硬也懂取舍，她满身铜臭味也最是看重钱。但同时，她知道自己的底线在哪儿，清楚道德是什么。

她喜欢钱，可她只喜欢干净的钱。

连清禾在事业上是个优秀的商人，可在生活里，她连及格分都打不到。

尤其在顾渊这儿，她总是做亏本的买卖，没有收益，还被嫌弃。

“这件事情是危险，但也不是没有转机。那些人可能是想把事情压下去，可公检法这些部门也不是吃白饭的，公道两个字不是摆设，这背后有很多人的努力。大家都还没有放弃，事情的结果未必那么糟糕。”

连清禾今天出门得匆忙，没来得及抹发蜡，一头细碎的短发因为静电的关系显得有些蓬，刘海还掉了几缕下来，稍微遮了她眼睛。她像是不耐烦，随意倒了点儿水在手上往头上一抹，把额前的头发往后抚。

“顾渊，说句实话，我欣赏你，可我这也不全算是帮忙。”她微微扬起头，像是怀念，像是透过眼前，看到了很深很远的地方，“怎么说呢？很大一部分原因算是还你。也许你闲事见得多也管得多，自己从不放在心上。可当初在我手上权力不稳、差点儿被我四叔挤下去的时候，你朝我伸出的那只手、帮我的那一把，我一直都记得。”

连清禾是她四叔带大的。而那个被她称作四叔的人，手把手教会她如何做一个商人，把她从最初的天真软弱带到现在能独当一面，她不是不感激的。可惜，随着时间的流逝，他们到底是走上了两条路。

常言多行不义必自毙，在感情上，连清禾感谢她四叔，并不希望那个从小带着她的人会出什么意外；可在是非上，四叔做的那些事情，她不敢苟同。

连清禾知道，哪个行业里都有来钱快的道儿，而那些道儿究其根本是个什么样子，每个人心里也都清楚。来钱最快的那些条路的危险都在律法里划界分明，她不想去涉险，也不屑那样弄钱。可她不做，多的是人想去做，而其中她最熟悉的一个，就是四叔。

其实连清禾的心里是知道的，顾渊当初并不是为了帮她，他只是单纯不喜欢她四叔罢了。

可不论他的出发点是什么，第一她的确是受了他的恩惠，第二他让她看见了向往的未来的风景。她说他倔、说他拧巴、说他口不对心，其实她自己何尝不是这样？

明明是认可的，却偏要嘴硬骂几句；明明是真切的关心，却偏要连讽刺带威胁。

连清禾这个人，恩怨都记得，恩怨都要报。她记下的仇从来不能善了，每每闹得轰轰烈烈，到了现在，人人都怕了她。

她不会说话，也不会表达，不会做人，也不知道怎么样才能让人喜欢。

那些人说她冷血，她也就说自己冷血，那些人说她这种人失败了就说活该，她也就说自己活该。把所有的不好都当作是自己认可过的，这样的话，诋毁就不是诋毁，而成了事实。

事实有什么好不认的？

如此，就算别人在背后再怎么议论她，她也能好好过下去。

她从来都是一个让人讨厌的人，以后，也只想做一个让人讨厌的人。

连清禾轻叹，像是疲惫得厉害。

“我希望你能接受，顾渊，我身边没几个朋友，你算是最铁的，至少，和你喝酒我放心，也乐得轻松。我不想失去你这么个兄弟，也不想到了最后，真的只能给你收尸。”

顾渊低着头，沉默良久。

不过就是很久以前的一点儿小忙，即便他不出这个手，她也未必就会输给她四叔。他所做的，和她比起来，可以说是很微不足道了。

作为商人，怎么可能看不出来值不值当。

他一时间有许多想说的，可真要开口，却又一句话都说不出来。

也许因为双方心里都有数，所以，再说什么话都算多余。

连着被捶了两拳，顾渊缓了好半天才撑过来。可身体上的疼痛到底比不上心里舒不出的这口气，连清禾越是这么说，他越是不知道该怎么做。

每个人都有自己的立场和考量，在这件事情上，也许他的坚持在连清禾看来是无可救药，可他实在不希望自己成为她的拖累，不愿意变成她的负担。

唇瓣微动，顾渊艰难地吐出两个字：“谢谢。”

说着“谢谢”，表情却还是拒绝的意思，和之前一样。连清禾咬咬牙，觉得也许自己是上辈子欠他的，换作其他人，她管他去死，反正那都不关她的事，然而对方是顾渊啊。

她生生被他给气笑了。

“没什么好谢的。”她说，“我不过是提出了个想法，你还没接受。要谢我，这件事过去之后再谢，我等你请我喝酒。”

不等顾渊回复，她拎着包就打开了门。

“对了，”门外的嘈杂声涌入包厢了，连清禾说，“那部手机里的卡是你原来的号码，我找回来的。只是原来的信息不见了，我不知道你要联系谁，但如果那个人联系你，你应该能收得到。”

“还有，两天后的这个时间，在这儿见，不管你答不答应，都过来吧。”她的声音很低，默了默，“我在这儿等你。”

她关上门，隔绝了外边的声音，室内重新安静。

有时候安静并不好，那会反衬出身处其中的人内心的嘈杂。

顾渊的胃还是很难受，那两拳的劲儿过去了，被打的地方却没那么快缓过来。

良久，他抬起头，蓦地笑了，甚至连他自己都不知道在笑什么。

也许是在笑过去，也许是在笑未来。

也许，他只是在笑，这个酒吧的隔音效果不错，连清禾的投资很值。

顾渊从酒吧出来的时候，室外温度已经很低，风里带着潮湿的水汽，寒意刺进骨头里，冷得让人发疼。风这样凉，让人想避，可他不愿避，寒冷能叫他清醒一点。

他一个人走在街上，看着身边的人来来往往，忽然觉得自己像是一抹游魂。

这样说来或许消极，可按照现在的情势来看，他怕真是躲不过去了，也许下次再来这条街，他会变成真的游魂。

坐在街边的长椅上，顾渊忽然觉得有些累，他把头往后仰着，喉结上下滚动了几下。

接着，他从喉咙里发出很低的怒吼声，像是草原上的雄狮被激怒却强把怒意压在了喉间，叫人听了便觉害怕。

那样的嘶吼像是一种发泄，可胸腔里的郁气哪里是能轻易被发泄出去的？

顾渊半睁着眼睛，看着头顶上的树枝，那枝条细瘦，叶子落得差不多了，只零星挂着几片枯黄的。

有风吹过，轻易就卷下一片。

顾渊鬼使神差地伸手，那枯叶便顺从地落在他的手心里。

捏着叶柄转了几下，顾渊面无表情地盯着叶片边缘明显被虫咬过的痕迹，忽地背脊发麻，整个人凉了一半，继而随手扔了那片枯叶。

老天真是过分啊，在人运气不顺的时候，捡片叶子都是被虫啃过的。

他慢悠悠站起来，顺着这条街向前走去。

3.

喜欢和讨厌是两种情绪，它们是爱和恨的低配版，却偏偏也轻易叫人忘不掉。

季晗潇并不是一个话多的人，原先他和池渝聊天，最多不过谈谈最近接手的案子，而现在，他会无意识地吐槽一些关于他老板的事。

“学长，你真那么不喜欢那个老板吗？”池渝随口问道。

季晗潇一顿：“也不算。最初换工作的时候，我对她的印象很好，对这家公司的行事风格也很欣赏。”

只可惜，最初做选择的时候，他并不知道连清禾是这么折腾的人。不过一码归一码，他或许起初对她的印象太好，所以即便一直扣分，也还没有低过基础分。毕竟，连清禾的确能力过人。

大概就是在这样的基础上，季晗潇觉得，她对他的那些折腾，他暂时还能够忍。

“对了，这次约你出来是想告诉你一件事。”

池渝给杯子里倒满了热茶，拿杯子捂手。

她抬眼：“什么？”

季晗潇道：“我老板最近托我办一件事，算是私活。那件事牵扯颇广，可是最后它牵扯上的都是你前阵子跟的案子。”

池瑜在船上发生意外，唯一联系的人就是季晗潇。他的记性很好，几乎算是过目不忘，对寻常事物尚且如此，更不用说曾经费心做过的事情。

“而我老板做这件事，都是为了一个人。”他说，“顾渊。”

闻言，池瑜的动作一僵。

“这个名字我从你这里听过几次，往远了说是你还在船上的时候，再近一点儿，就是在这几天的电话里。”季晗潇这么说着。他知道池瑜爱管闲事，可她不会什么都管。这个叫顾渊的人，在她心里，或许是不一般的存在。

这是这段时间池瑜第一次听到关于顾渊的事，她心里竟因为这个名字生出丝丝颤抖，她听见自己颤颤巍巍的声音：“他好不好？”

藏不住的，那些折磨了她好几天的压在心上的想法，不必去证实了，那就是在乎。

在乎到她这种自己出了事都不会轻易求人帮忙的人，在半夜的时候给季晗潇打电话，拐弯抹角打听顾渊的消息。

“这件事比较复杂，下次再和你说，但他最近的处境不大好。”季晗潇道，“那桩走私案，最近传得沸沸扬扬。你报告里提到的那个人，因为证据不足和不肯招供，现在还在局子里审，不晓得什么时候能审出来。这件事情大概激怒了一些人，他们想把整件事情引到顾渊的头上，想方设法下黑手，毕竟死人是无法为自己辩驳的……如果他们真的成功，那他怕是摘不掉了。”

池渝急急问：“摘不掉是什么意思？”

“就是替死鬼的意思。”季晗潇顿了顿，轻轻地安慰她，“不过他们也不可能一手遮天，他们想压也不代表就真的没有人管了。”

池渝主观性忽略了那些安慰的话，她摘出顾渊处境危险的主题，然后在心中放大。

她急急问：“你怎么知道的？”

“一部分是证据，一部分是推断。”季晗潇答得简略，半点儿没有提在证据和推断的背后，他遇见的那些复杂棘手的事情，“不过往好了想，现在那些幕后雇了黑手党要整他，警察也在调查他，看似是双重危险，可也在互相牵制。更何况我老板是花了大力气保他的，只要顾渊配合一点儿，短时间内应该就不会有什么大问题。”

池渝的眉头皱得发疼：“短时间内？万一呢？”

季晗潇不回答，反问：“这个报道不是你跟的吗，你应该最清楚。谁也不知道多久才是长久，除非解决。靠躲靠压，从来不是长久之计，但如果真要解决，那就需要你的帮忙了。”

池渝想也没想就问：“我要怎么做？”

季晗潇略作沉思，在回答之前先问了她一个问题：“真的要管？”

池渝顿了顿：“这不仅仅是他的事，也是我职责的一部分。从某种意义上来说，是我没有做好足够的准备才导致他被牵扯进来。”

她这么说着，却在季晗潇望向她问出一句话的时候眼神微微闪躲。

季晗潇问：“真的只是这样而已，和顾渊没有关系吗？池渝，你应该知道，人在处理任何一件牵扯到了感情的事情的时候，都不会特别理智，我不希望你以后为此后悔。”

见到她的反应，季晗潇没有再问下去，也没有再说下去。

其实大家心里都清楚。

也许在职责范围之内，她也的确不会不管这样一件事情，可如果仅仅是职责所在，她不会这么慌张失措，整颗心都吊在上边。

池渝转移话题：“有什么建议吗？”

季晗潇略作沉吟。

也许他不该多说，不是说了没用，而是但凡遇到关于感情的事情，都轮不到哪个外人来说。

他定了定，开始逐条分析，分析完之后，也试着帮她想解决的办法。

他说得很慢，话语里却偏生透着一股力道："如果你能够找出更多证据，把事情的真相还原出来，直接曝光利用舆论，引起大家的重视和注意，打乱他们的计划，也许……"

这家店的灯光并不算明亮，季晗潇的声音也很低，可池渝的眼睛里像是燃起了希望的光，一亮一亮的，听得很认真。

在季晗潇的提点之下，池渝开始继续调查这件案子。

因为涉及颇广，所以，即便是被暂时搁置，它也不会像那些小案件一样那么快被人遗忘。相反，注意它的人依然很多，尤其是业内一些明眼人，在它被短暂压下的这段时间里，关注它的人比之前还要多一些。

办公室里，池渝整理着资料，连着打了好几个呵欠。

在那天和季晗潇谈完之后，池渝便一直着手于案件，在整理过往调查的资料的同时，也一直在进行更深层次的挖掘。而这两天她找到了一点儿新线索，正好可以补充从前的一些缺漏。而一旦补充完善，说不定，中间断掉的某条线就能够连接起来。

露重夜深，外边的霓虹越来越亮，街上的人却零星起来。

当池渝做完资料的整理，整栋大楼已经全部黑了。按理说，办公大楼是很少停电的，因为虽不频繁，但偶尔也会有人通宵加班。

但今天是个例外。

就在她刚刚保存和打印出来备份资料的下一刻，办公室的电灯忽然熄灭。笔记本电脑的光照在她的脸上，她一愣，吓了一跳，但很快又反应过来。她望一眼手机，现在是凌晨四点半，再过大概一个半小时就会有保洁阿姨和最早的一批人过来。

她长叹一口气，既然如此，就在沙发上窝一会儿好了，反正时间这么晚，明天还要上班，她也回不去。这么想着，池渝伸着懒腰就走到角落里。

那儿堆了一堆箱子，箱子后面是一个小小的单人沙发，一米六的长度，通常都是用做待客和休息，很勉强才能睡下个人。

但池渝没别的选择，她在座位上抱了小毯子便蜷着腿在沙发上躺下来。

只是，大概先前因为困意上涌喝了太多咖啡，这会儿，即便精神是疲惫的，她也还是睡不着。

池渝努力闭着眼睛想要进入梦乡，脑子却越来越清醒，只是注意力从之前的公务转到了顾渊身上。

她好像很久没有看见他了。

那个刚认识的时候，看上去冷漠怪异、不好交流的人，现在，她有些想他。

也不知道，他现在怎么样。

正想着，池渝听到了一阵窸窸窣窣的声音。这个声音很轻也很小，如果不是因为周围太静，恐怕很难听见。

池渝陡然睁开眼睛，她转头，望向声音传来的方向，然而因为沙发处在被箱子隔绝了的角落，她什么也没看到。

顿了顿，池渝屏住呼吸。

她极缓地起身，尽量不发出响动，趴在了沙发背上，稍微从箱子后边探出头去。

然后，她在昏暗的光线里看见一个影子。

不是小偷，是其他科室的一个同事。

熟识的人，即便是个模糊的背影也能认得出了。

可也不过一刻，池渝刚刚舒出的一口气又提了起来——这么晚了，他怎么会在这里？怎么会跑到她们的办公室来？

池渝不动声色，继续趴在箱子边上看。也就是这时候，她看见那个人摸到了她的桌边，极警惕似的左右望了望。池渝稍微缩回来了一会儿，等了等，再往那边看去，便看到他拿起了一个文件夹。

赫然是她刚才整理好的那个。

池渝心下一惊，那个人拿这个是要做什么？难不成……

她隐约猜到了一些东西，却又不大愿意相信。

也正这是这时，那个人取出里面的文件起身离开。池渝抿了抿唇，虽然她的U盘有备份，可那份打印的文件后面还有一些零碎的手稿没来得及整理完，平时她都是随身带的，只今天因为人就在这儿，没太注意而已。

不想竟然差点儿出岔子。

她咬了咬牙，开了手机静音，飞快发了一条短信给季晗潇简略说明了一下处境，让他帮忙报警，又怕他看不见，赶紧拨了他电话，听到接通后又迅速挂断。不多时，她就收到了季晗潇的短信回复，心下稍安了一些。

紧接着，她立刻走了出去，跟上那个人。

大楼里除了走廊就是关闭的门，并不好躲人，尤其被跟着的人还总是前后张望，这样更让池渝心慌，生怕自己被他发现。

大楼没有电，要离开只能走楼梯，池渝躲在角落里，估摸着那个人已经走到了楼梯口，这才稍微探出头去。却没想到，她正正对上那个人回头的视线。

黑暗里，两个人同时大惊。

惊讶与意外的情绪一闪而过，池渝甚至觉得自己看见了那个人眼里的凶光。

大楼里没有人也没有电，单论条件，她大概打不过他，可这时候不能退，退了就输了。

于是池渝站了出来：“你拿那个干什么？”

“你一直都在这儿？”那个人眯了眯眼，朝她走近，“你都看见了？”

这个时候谁也不必打什么马虎眼儿，大家也不是糊涂人，对于发生的事情都心知肚明，装傻充愣并不抵用。

池渝笑笑，环了手臂。周遭一片暗色，她的眼睛却很亮，里边像是燃着两簇火苗。

“你觉得呢？”

大抵是她的样子太过于冷静淡然，那个人竟真的一时被她唬住。

而池渝只是表面冷静，实际上，她的手心都在出汗。

她不知道这个人有没有同伙在等，不知道警察和季晗潇什么时候能来，她也不确定眼前的人会做出什么事情，她其实是害怕的。或者说，许多次执行任务的时候，她其实都害怕。

可即便再害怕，事情要做还是得做。

那份资料，她不能让他带走。

此时，那个人回过神来，轻嗤一声，手中寒光一闪，赫然是一把短刀。

“我没时间和你磨蹭，要么这件事你配合点儿，要么……”他逼近几步，“要么，你不愿意配合，我帮你做选择。”

“所以，如果我不配合，你就要杀了我？”

“别说得这么恐怖，杀人的罪可太大了。”他转了转手上的刀，“这个，我就是拿着防个身，用不到你身上。”说完一顿，“不过，这个用不到，不代表别的用不到。你也是做这一行的，知道每个人都有难处，每件事情嘛，总有些说不得的东西。别太较真。”

池渝任他走近，也不说话，只是在心里算着时间。

而那个人见她这副模样，勾了勾嘴唇，转身就想走。

大概在他的认识里，这便代表了妥协。

谁会喜欢给自己找麻烦呢?

“等一下。”

不料，池渝忽然开口，那个人转过身来：“怎么？”

“你……”

池渝心里有些急，在这样的情况下，她一时间竟不知道该怎么拖延时间。也正是在她紧张的时候，楼下传来警车的声音，警笛由远而近，停在楼下。

她的表情一时松动，那个人却是怔愣了一瞬，但很快望向她：“你报的警？”

池渝见他表情不对，把一直抓在手里的包往他身上一砸，飞快地往楼梯口跑去。那个人的反应也快，紧接着追上。这儿是十一楼，不算高，但真要跑起来也很费力，尤其是在整栋楼断电、没有灯的夜里。

除了转角处有绿色的夜光指示牌能够照见周围几十厘米的地方之外，池渝什么都看不见，她只能小心翼翼维持着自己的平稳，在尽量跑快些的同时，努力使自己不至于摔倒。前面是漆黑的楼梯，身后是急促的追逐着的脚步，池渝的心跳得很快，她没命地跑，却终于还是在一个转弯的地方崴了脚——

“啊——”

在一声短促的惊呼声之后，她转头，眸中除了恐惧之外，便是映出绿色幽光的刀刃。

池渝整个人霎时僵住，条件反应般闭上眼睛，然而，那刀刃没有落在她的身上。

“没事吧？”

大概是跑得太紧张也太专心，池渝并不知道警察是什么时候出现在他们身边的。

与此同时，楼道里的灯亮了起来。

忽然亮起的灯有些刺眼，池渝捂了捂眼睛，等到适应了些之后再睁开。而这个时候，那个男人的双手已经被反剪在身后，而文件夹里的资料也散在了周围。

池渝才终于松下一口气。

不夸张地说，当下的这一刻，她真是有种死里逃生的感觉。

4.

梁老师执笔的手一停，低着的眼睛向上抬了起来，表情有些阴鸷："什么？"

不远处的黑衣男人站得笔直："属下不力。"

梁老师深深吸了一口气，声音却很轻，还带着几分笑意："不力？"陡然间语气一变，"这只是不力吗？简直就是废物！"说完，他随手抄起桌上的东西往那边砸去。

瓷制的烟灰缸击中男人的额角，有血顺着他的面颊流下来，在淌过眼睛的时候染了进去，把整个眼球都浸得血红。

然而男人也没有抬手擦拭，只是那么站着。

梁老师平复了一下心情。他缓缓走过去，手里拿着的是擦桌子的抹布。

只见他把抹布直接按在了男人的伤口上。

"疼？"

男人摇头。

他见状，按得更重了些。

"疼？"

男人微不可察地皱了皱眉，依然摇头。

梁老师忽然笑了。

"不疼？那好，跪下。"他指了指地上的碎瓷。

男人毫不反抗，膝盖一弯就要跪下去，却在跪下的前一刻被拉住了胳膊。

梁老师缓缓道："好了。"

男人便停在这个别扭的姿势上。

缓慢地做了几个深呼吸，梁老师的眼神慢慢地变得凌厉起来："失败了就是失败了，不管事后做什么，也改变不了结果。目前的情况对我们而言不大有利，不过，不代表我们做不了反击。"他的声音很沉，"我们，还有机会。"

说完，他把男人扶了起来。

"这几天，盯紧那两个人，大不了就麻烦一点，把他们给……"他用手在脖子上划了一下，"然后，找机会，把东西都栽在他们身上。死人是没办法为自己辩解的。"

"知道？"

男人点点头，伤口处的鲜血止不住似的，又滴下一些。

梁老师忽然便疲惫了，他摆了摆手："走吧，去处理一下伤口。"

男人颔首，转身。

却也就是在转身的那一刻，听见梁老师再度开口："你们都说我的嘴开过光，啧啧……这次你行动之前，我得再说一次不吉利的话。"他顿了顿，"你也知道，我们的人最近被盯得很紧，这怕是我们的最后一次机会了。说严重点儿，是活着，还是死在这儿，就看这次了。”

男人脚步一滞：“是。”

说完，头也不回便出了门。

5.

这几天，顾渊和池渝过得都不大顺利。

那些时不时发生的小意外并不是最糟糕的，最糟糕的是，他们像是被人盯住了。也就是从被盯住的那天开始，他们的通讯工作都出了问题，莫名其妙却又没办法解决，连向外界寻求帮助都难。

池渝也试过再报警，可这样的保护总归是有限的，尤其是在她并不能够提供充足的证据的情况下，保护方的行动便更加不好进行了。

池渝走在冷风里，眼睛被吹得有些干涩，她把自己裹在厚厚的外套里，心却是不自觉地提了起来。也不知道是职业的敏感还是女人的直觉，她总觉得，好像有人在跟着自己。

心底一定，池渝拿出手机，假装在玩，实际上却借着反光往后看，可是身后像是什么异常都没有，每个人都在走着自己的路。

错觉吗？

池渝抿了抿嘴唇。

她忽然跑了起来，漫无目的地跑，期间撞到了一些人，每回撞了人，她都会停一停，然后回头和那个人说对不起，也借着道歉的时候，用余光观察附近可疑的人。

可连着撞了几个人之后，池渝再次跑起来，却是没跑几步就觉得眼前一黑——

这一次不是蓄意的，她是真的不小心撞到了人，而且还撞得挺重。

“不好意……顾渊？”

池渝抬头，眼前的人下巴上有一圈浅青色的胡楂，看起来也不似原来意气风发，反而满是疲乏。这样的顾渊让她有些陌生，甚至几乎不敢确认。

久别不见，没想到，再次见面会是这样的情况。

“你最近怎么了？”

顾渊一副欲言又止的模样，末了，还是池渝先开的口。

可现在实在不是说话的时候。

事实上，顾渊只是听着，并不说话，他直直望着她的身后，眸光顿了一顿。

接着，他拉起她的手臂：“走。”

没有多的解释也没有旁的废话，只一个字，说完就带着人快步离开。

池渝未完的话全都吞回了肚子里，她先是一惊，旋即整颗心都吊了起来。

她相信顾渊不会做没有缘故的事情，他会做这种突然的动作，或许只有一个解释，那就是她之前的那些感觉不是错觉。

“顾渊。”也不知道是走得太快还是夜里风大，池渝觉得风声在耳边震得厉害，“我们要不要报警？”

顾渊犹豫了一会儿：“报。”

池渝走在他的身后，闻言重重点头，虽然这个动作他是看不见的。

从开始到现在，顾渊始终紧紧牵着她，不属于自己的温度从腕间传来，他的体温微凉，带着夜里的清寒，不暖，却让她觉得很是安心。

然而，也就是在她掏手机的时候，意外发生了。

不远处忽然亮起耀眼的光，像是车上打的远光灯，灯光烈得刺人眼睛。按道理，这是市内，只能开近光灯，可那辆小货车，一路开得摇摇晃晃，就这么带着远光灯朝他们驶来——

池渝在这一瞬间忽然想起以前看见过的新闻，似乎在远光灯的十米范围之内，司机是看不见眼前行人的，尤其是这种存在视线盲点的货车。因此，除非这个司机喝醉了或者不怕死，否则，在市内，没人会开大灯。

不过还好，那辆车距离他们虽然很近，但也不是躲不开。

池渝正拉着顾渊想往后退，却不想身后的人不知是惊慌还是蓄意，竟重重推了他们一把！在那一瞬间，池渝只看见边上不断躲车的人，却来不及从那些人影里找到什么，接着，她便被揽入一个怀抱。

可与此同时，刺耳的刹车声和猛烈的撞击感倏然袭来，眼前白光闪现，她也就在这个时候失去了意识。

第十一章

YUANLAITAYEXIHUANWO

也因为这样难得，
他实在不想再错过了

1.

前些时日，市区里发生了一桩车祸。

据说，那是由货车司机疲劳驾驶引起的。

该司机经验丰富，可以说是开了小半辈子的车，每一回都谨慎，唯独这次，因为不得已需要赶路才会疲劳驾驶。也是因为这样，没留神在市区里用了远光灯，也是如此才导致了这场车祸。

车祸的结果，是被殃及的两个路人负伤，一轻一重，司机也因为货车翻倒、被卡在里边，成了最重的伤者，直到现在也还未清醒。报道里说那个司机家里贫困、很不容易，围观群众看了纷纷唏嘘，大家都说这实在是意外，在可怜路人的时候，也还同情了一把司机，每个人都感叹着生活不易。

连清禾看着报道，狠狠地按了一下太阳穴：“意外？不容易？这都什么乱七八糟的？”

她眉头一皱：“这些人脑子里有坑还是水太多？”

“没坑也没包，是有人引导的。”季晗潇答得简单。

“都是白痴！”连清禾的眉头打着结，“就当这真的只是一场意外，但难道只要给肇事者卖个惨，就能够说他是不得已有苦衷，就能逃避责任了吗？那这世界也就不需要正义和法律了。”

季晗潇淡然道：“没人让你原谅，更多的人只是看热闹。”

连清禾本来最近就火气大，这样接连着被他噎了几句话，火气一下子更加大了：“我说你今天倒是不装温顺了啊？我说一句你怼一句。”

却不料季晗潇忽然开口：“不好意思。可能在最近调查其他事情的时候，不小心知道了你针对我的原因。”他忽然走近几步，“一直以为是哪里得罪你了，没想到原因居然那么无聊。”

“哟？”

季晗潇说得干脆：“我和你四叔不是一伙的。”

连清禾一愣，忽然有些尴尬。

他说："我和你四叔不是一伙的，卧底这些话你也信？用人不疑疑人不用，你不知道吗？难道你就没有怀疑过，这可能是对方为了挖我而故意放出来的谣言？"

连清禾一时间不知道该回什么，被这么突如其来的一番话堵得哑口无言。

好半天，她才梗着脖子道："现在不是谈这个的时候，我也暂时没心情和你说这些东西。我现在想知道的，只有顾渊的事。"她歪了一下脖子，"我可是把自己最近最看重的事情都交给你了，没少你加班费和奖金，也给了你额外的钱。"

"至于你说的那个，对，我最近调查清楚了，我身边被插进来的人的确不是你。"她说得理所应当，"所以，我最近不是对你放宽了许多吗？你感觉不出来？"她想了想，"之前算是我错了，作为补偿，这个月我私人账户会转你一笔补偿金。"

难得稍微意识到自己的不对，她放缓了一些语气："这样行吗？"

季晗潇深深吐出一口气。

被误会的感觉并不好受，尤其是对方明明知道是误会，却并不放在眼里，好像那都不过是些小事。

就算再怎么好脾气、再怎么想得通，这件事一出来，他也还是郁闷得厉害。

“我们还是来谈顾渊吧。”季晗潇勉强把情绪压了下来。

而连清禾正有此意，她本来就只想谈这个。

“首先，他最近恢复不错；其次，那件案子已经引起了上层重视，包括那些人先前的打理也被挖了出来。短时间内，他们或许自顾不暇，没那个心思再动他。”

这次的车祸，在所有人眼里都是意外，原本讨论个几天就能过去，但简单意外背后的反转才最是抓人。季晗潇深谙其道，所以这几天他一直在调查那个司机，不断找着证据和资料。

只等手上东西齐全，再把它们给放出来。

不得不说，那些人或许想得周到，可再怎么周到，那也敌不过是非。

错的就是错的，伪装得再好也是错的。

发生过就是发生过，再怎么掩饰也还是发生过。

而这个世界，它或许有不完善、有让人厌恶的一面，明理明智的却总是大多数。黑的不可能变成白的，错误和罪恶也总会被揭露。

就像，不管黑夜再长，它也总会过去。

真相也是如此，它终究会水落石出。

正义的努力不会白费。

他说："接下来，只需在适当的时候放出消息制造舆论压力，然后把手上剩下的资料提交给公检处，水流大概就顺了。"

不得不说，在这里边，池渝的功劳很大，就像她那时候对季晗潇说的，她真的去继续跟了那件案子。车祸之后她只休息了两天，就离开了医院。

而那时候，顾渊甚至都还没醒。

池渝做事从来都十分有效率，条理分明，打算得也精细。她不管做什么都很上心，从读书时候到现在都是如此，而这次尤甚。

不过车祸那次，也确实算是救命之恩了。顾渊把她护得很好，也正因如此，他伤得那样严重，池渝却不过擦伤而已。

于情于理，于公于私，池渝的做法一点儿问题也没有。

唯一的问题，就在于她的感情。

也许这种东西是轮不到外人评判的，可池渝的感情太过明显，季晗潇或许不清楚顾渊如何，可连清禾是怎么对顾渊的，他看得一清二楚。说句不好听的，连清禾这个人可以说是十分冷血，她能对一个人这么上心，季晗潇不认为他们的关系普通。

而如果顾渊真和连清禾有些什么……

连清禾听得满意："漂亮。"

说完之后，她看见季晗潇青色的下眼圈，浅薄的良心难得闪现一次。她轻咳一声，想了想，夸他：“干得不错。”

夸完之后，她站起身，本想拍拍季晗潇的肩膀，却在发现身高的差距之后改为替他抚了抚衣服的皱褶。

“好好干，你会有出息的。”

季晗潇低眸，对上一双带笑的眼睛，心里不禁一动。

往常时日，他在那双眼里最常看见的就是算计，他对这个人总有一种下意识的不喜。倒是没想到，弯着眼睛的连清禾，居然也能透出几分可爱的人情味来。

“喂，你这次想要什么奖励？”她问，“好好想想，跟着我干，不会亏待你。”

很物质的一句话，很没诚意，很连清禾。

“这是你误会我的补偿？”

“不是，补偿我刚刚已经发短信给助理打到你的账户上了，这件事儿就此揭过。”

季晗潇几乎被气笑了，敢情那就是她的歉意？还是她的世界里真的就只有钱？

如果是，那他是不是应该感恩戴德？毕竟，被连清禾这么对待可不是每个人都有的机会。

“那我想问你一个问题。”他说，“只有这么一个问题。”

连清禾像是意外：“你问。”

“你和顾渊，是什么关系？”

“哟？公然打探你上司的隐私？”连清禾挑了挑眉毛，“不过这也没什么不能说的，我和他是朋友，他把我当兄弟，我把他当儿子。”

“……”

这个形容实在是叫季晗潇有些无语，可“朋友”那两个字却让他稍稍平复了一下。

“喂，平时看你斯斯文文又不爱说话，想不到也这么八卦。”

季晗潇瞟她一眼，懒得再说什么，转身便离开了。

只是，在转身的时候，他的唇边带上了一抹极淡的笑。

也不知道是在为池瑜开心，还是因为什么其他的事情。

2.

在警察破门而入的时候，梁老师正在喝茶。

上好的茶叶，盖着杯盖儿都能闻见香。

眼前是一排整整齐齐的制服，他扫一眼，只觉得好像全都是一个样子的。

年轻人啊……

又是一群年轻人。

年轻人实际上是很可怕的，你不知道他们能把事情做到什么样的地步，也不知道，他们到底能坚持到什么样的时候。梁老师在这段时间里，唯一预料到的，大概就是今天。

输了啊。

还是输了。

他悠悠然放下茶杯："何必这么兴师动众啊！"

对方并不接话，只是一群人冲了上来，戒备心从头到尾没减过。

当被反剪着手按在桌上的时候，梁老师只觉得脸上很冰，这桌面实在是太冰了。然而，他望着眼前的茶杯，想起一些事情。

在很久以前，他其实也趴在桌上睡着过。

当时的他还没泥足深陷，他的身边还有一个姑娘。

那个姑娘日日夜夜陪着他，会在他因为工作劳累的时候给他盖毯子，会给他沏茶，也会给他贴心的温暖和微笑。他曾经说，等自己当上领导，就娶她。

而后来，他真的靠走私当上了"领导"。

那个姑娘却离开了。

没有人从一开始就想做这个，而他最开始，做这一行，是为什么来着?

对了，是为了钱。

当时他最缺、而现在最不缺的东西。

腕上的手铐冰凉，没想到会这么凉。这一天的到来，在踏进这一行的时候，他就有了准备。大概是这样，他反而有一种

“终于结束”的解脱感。

——为什么会干这个呢?

——这一天终于还是来了。

两个想法，在出发点上，其实是有些矛盾的，可在这一时间，却又奇异地共存着。

在被押走之前，梁老师望一眼自己待了许多年的屋子。

这里的窗户很小、很闷，像个老鼠洞。

一点儿都不好。

可即便是老鼠，即便躲躲藏藏，能活谁不想活?更何况，还有那么多钱。

啧……他在心里叹了一声，又是钱。

“坦白能从宽吗?”梁老师仍是那样憨厚的模样，说什么做什么，都显得真诚。

“如果你愿意配合，当污点证人，当然可以减缓。不过这些东西等先到警局再说。”

梁老师笑了笑。

他说：“好。”

3.

顾渊不知道现在形式如何，连清禾最近忙得脚不沾地，就连休息都只是在公司趴一趴。也正因如此，她没把季晗潇那个好消息第一时间告诉顾渊。

但人嘛，总是喜欢往坏处想的，尤其是在遇见了这样坏的一些事情之后。

他的确不喜欢与人交际，可也从来没有像现在这个样子，在床上一躺半个月，感觉整个人都和床板黏在了一起。

伤患者真是可怜啊。

出不去，走不了，选择都不能自己做。

真可怜。

正是这么想着，顾渊便听见了门口传来的脚步声。

每个人的脚步声都是不一样的，这是他最近卧床的发现。而这个声音，是池渝。

他微顿，很快闭上眼睛装睡。

说起来很尴尬，但现在的他的确不知道该怎么面对她。

这件事，还要从上周说起。

在车祸里伤得严重，那时候他刚刚醒来，却也随之陷入低烧，整个人都浑浑噩噩，浑身都是消极的负能量。

大概是在生病的时候会格外脆弱一些，不管是身体上还是心理上，加之因为抵抗力降低，之前的重重压力也袭了上来。于是，原来一些可以承受的也变得无法承受，顾渊睁眼和闭眼都觉得黑。

很黑。

几乎和他的童年一样。

他不知道具体几点，只知道房间里的灯坏了，而护理暂时离开了，他动弹困难，下个地都不行。就像池渝从前说的，在心情低落的时候，低头看见鞋带松了，都会有一种死了算了的感觉。

平白说起来或许显得矫情，可真正自己到了这个时候，却只能感觉到绝望。

也就是在那个时候，池渝过来了。

“顾渊？你醒了？为什么不开灯？”

她说着，带着微微笑意，而他就那么看着她，不回应也不想回应。

她大概刚刚下班，大概只是来看他一眼，大概看完他就准备走。

就像做噩梦的时候一样，顾渊并不希望自己脆弱的样子被人看见，即便他的内心是渴望的。于是，即便知道她是出于关心，他也还是言辞冰冷，甚至言语带刺，想激她离开。

“你怎么了？”

可她并未如他所愿，反而坐在了他的身边。

有光从窗户透进来，不知道是月光还是外边街灯的灯光。

他看着她，他从她的眼睛里看见的全是担心。

才发现，其实，和人对视，也没那么可怕。

“走。”他闭上眼睛。

“顾渊？”

她的声音像是一把锤子，一下下凿着他的理智。

原来他是一个人待在房子里的，那也不过就是几刻钟之前，那时候，他觉得一个人也能撑过去。毕竟，过去不知道多少个夜，他都是这么过来的。

可是，她来了之后，现在，一想到她马上就会走，他却觉得难以忍受了。

很多事情都是经不起比较的。

但池渝并不知道他在想什么，只是一直叫着他的名字：“你怎么了？顾渊？怎么了？”

他忍无可忍，抓住她的手腕：“如果你要走，为什么还来？”

顾渊这句话其实有些无理取闹，谁来了都是要走的。

远的近的，谁都要走。

你看啊，这个世界这样大，每个人每天都要遇见很多人，相熟相知，聚散离别，都是再正常不过的事情。这个道理，别说成年人，很多孩子都是知道的。

可他却抓着这一点不放，好像她做了什么不应当的事情。

这种时候，只要对方一句“我为什么不能走”，他就输了。

但她没这么说。

她说的是：“没有要走啊，我不准备走的，你别哭，我……我就在这儿陪你。”

这时候，他才感觉到眼泪的温度。

说起来真是好笑，他一个大老爷们儿，高高壮壮，不过生了个病，不过胡思乱想了一些事情就流泪了，够扯的。这个认知让他有点想骂脏话，可比起骂脏话，他更多的感觉是，真好啊。

她说她不走，她说会留下来陪着他。真好啊。

当时，顾渊想，自己这个病，可能没救了。

他怕是病成了个傻子。

没救了，等死吧。

4.

顾渊闭着眼睛，听觉便好像格外灵敏。

他听见池渝轻声开了门，轻声关了门，脚步轻轻地走到他的床边，坐在椅子上。

听见她嘟囔："这几天都睡得这么沉吗？来了这么多次，没有一次是醒着的。"

顾渊听见这么多，却一句也没回应。

他只是闭着眼睛，静静地听。

而池渝就托着腮坐在一边看他。

其实，他睡着也好，只有他睡着，她才敢这样看他。

看着看着，她皱了眉头，捂了捂心口。说起来也真是没出息，但只要看着他，她的心脏就不大对劲了。胸腔里，它一下往上跳一下往下跳，一下往前跳一下往后跳，一下往左跳一下往右跳，一点儿都不规律。

糟糕。

池渝想，原来只是有点儿喜欢，可现在，好像越来越喜欢了。

对一个人，从喜欢到认定，有时有很多理由，有时又没有理由。

可不管有还是没有，对于池渝而言，只要认定，就不会改变。

可惜，这些态度都是她的。

而她和他的心情，似乎从来都不一样。

从屋子里跑出来透气，池渝坐在外面的长凳上，冷风让她稍微清醒了一些。

可即便风再冷，她的脸也还是烫的。池渝捂住自己的脸，一时间有些不敢置信。

怎么，她刚才怎么……怎么就乘人之危了呢？

池渝的大脑忽然放空了，接着，她颤着手指抚上了自己的嘴唇。

她怎么就趁着顾渊睡着，就这么给亲上去了呢？

而另一边，顾渊也是蒙的。

刚才发生了什么？错觉吗？还是真的？

因为先前的呆愣，他没有第一时间睁开眼睛，然而她也不过轻轻碰了碰就起身跑了出去，整个过程快得让他连个反应的时间都没有。

顾渊怔在床上，半晌，想抬手。

只是因为打着石膏，很尴尬地没抬起来。

忽然，有一阵风从窗外吹进了屋里，吹散了笼在他心头上的迷雾，接着，有一道光照了进来。那些看不清楚的，这一瞬间，都看清了。

他顿了顿，忽然笑了出来。

也许，有些事情，是时候该说个明白。

5.

在顾渊伤好恢复之前，池渝几乎可以说是每天都来一次，可在他能下地之后，池渝反而来得少了。

尤其是在某次，她站在门外听见连清禾和顾渊对骂之后。顾渊那样的性格，能让一个人这么冲他叫还不还口，真是很难得的。

而每份难得的背后，都有一些故事。

池渝想问，却没有立场去过问，她也想知道，却大概忽然成了鸵鸟，又不大愿意知道。也是这个时候，她联系前后，才恍惚意识到连清禾和顾渊之间的交情有多深。

可这个深，是哪一种深呢？

她不敢想，却又忍不住想，忍不住希望自己的想法只是误会。这样的话，她大概还能稍微为自己做个争取。

池渝待在办公室里，望着外边的灯火，长长舒出一口气。

时间一分一秒地流逝，每一秒钟都有事发生，或大或小，各不相同，它们存在在每个人的记忆里。可是，不管是多大的事情都会过去，哪怕这件事曾经给人带来过极大的震撼。

比如前阵子震惊所有人的走私案件。

池渝望着电脑桌面上的文档，那里面记录得清楚详细，简单的表述背后，是很多人的心血。大概是因为听多了黑暗的一面，池渝在做这件事情的时候，想了许多不好的结果。她想，自己或许会孤立无援，觉得自己可能要面临许多困难，以为这件事情要做很久很久、因为她不认为自己能得到多少帮助。

却没想到，愿意参与这件事情的人那么多，哪怕所有人都知道，做这件事是真的费力不讨好，也未必能够得到好的结果。

想着，她勾出个笑来。

原以为长大之后就要看遍社会的污浊，原以为，做这一行会看见很多丑恶，可事实证明，这个世界永远比你想象的更好一些。

池渝不自觉抚上那个笔记本，接着，她翻阅起来。

再接着，她的目光停在了一个名字上。

顾渊。

边上是她曾经做过的笔记，红色黑色各种圈圈点点。

她一顿，飞快合上了本子。

有勇气去面对未知的凶险，却没勇气去面对喜欢的人。

她无力扶额……

真是出息死了。

6.

与此同时，顾渊和连清禾坐在酒吧包厢里。

在他们身侧的不远处，还跟着一个季晗潇。

连清禾的嘴角抽了抽：“我说，你又不喝酒，到底是跟来干什么的？”

季晗潇岿然不动：“连总从前叫我加班的时候，我不管在干什么都是迅速赶来，从没有多问过。而现在连总有事情需要处理，因为上下级的关系我不能多做干预，只能等在这儿，等您有了空闲，我们再细细商量。”

不知道是怎么回事，顾渊总觉得，季晗潇说这话的时候，有意无意往他这儿瞥了一眼。不过，他也懒得管那是怎么回事，只是举起酒杯与连清禾碰了一下。

“谢谢。”

“好说，要感谢的话，今天你出钱就行了。”

顾渊不动声色扫了一眼桌面上的酒，随后摇着头笑了笑。

平日里她都往贵了点，今天倒是贴心，上来的酒都是中等的价。

大概是心头上的大石终于落地，大家的心情也都舒爽起来。

在放松下来之后，连清禾灌了一杯之后，满脸八卦：“喂，你昨天电话里说的是真的？”

季晗潇微不可察地往那边靠了靠，心道，什么电话？

可那边两个人相谈甚欢，没有一个人注意到了他。

“嗯。”顾渊点头。

连清禾脸上的兴奋更甚：“可以啊你，爸爸还以为你没感情的呢。”

顾渊闻言笑笑："那是因为以前没有遇到，又或者说，总有些东西想不明白。"他在这方面的神经并不灵敏，甚至可以说是有些迟钝。

就连池渝的这一桩，他也是花了好几天才彻底理清。可顾渊到底是顾渊，理清之前或许混沌，可一旦理清，就能立刻做出选择和决定。

他说："如果那个人值得珍惜，我为什么要放弃？"他说着，转头，微微笑了，"我这样的人，能遇见这么一个人，挺不容易的不是？"

连清禾听得咂舌："酸不酸啊……"

顾渊摇了摇头。

也许这些不像是他会说的话，可感情是一种不能按常理推断的东西，不是用道理、用过去、用像不像能够推断出来的。

就像他说的，能遇见这么一个人，对于他而言，是真的难得。感情难得，感觉也难得。而更难得的，是她也喜欢他。

也因为这样难得，他实在不想再错过了。

只是，这从来不是一个人的事。他做了决定，她却一直躲，这种事要通过电话短信说清便像是浅了一层，他想当面和她谈，她却避而不见，这真是叫人伤脑筋。

"说到这儿，那个……你是不是叫季晗潇？"顾渊呼转向不远处，“能不能找你帮个忙？”

季晗潇闻言一顿，接着就看见原本聊得欢的两个人忽然同时望向他。

“你说。”

顾渊难得带上了笑意，像是想到了什么极为开心的事情。他问：“你是不是认识池渝？”

季晗潇一愣：“对。”

顾渊顿了顿：“能帮我约她出来吗？”他说，“现在。”

尾声

YUANLAITAYEXIHUANWO

十指相扣，不再放开

很多人都会觉得自己今天遇见的事情以前发生过，说不出算不算巧合，但的确，有些时候人的境遇会有重合。不知道是不是因为老天太忙，没有那么多心思写那么多不同的剧本，也没有时间把每个人的每一次相遇都排得精彩难忘。大抵是为了偷懒，他安排得最多的就是擦肩。

而一个人，每天都要和很多人擦肩而过。

和谁认识、和谁熟识，都看缘分。

池渝想，也许她和顾渊是有缘分的。因为，他们在一起经历过这么多事，从开始到现在、从陌生到熟悉，很明显就不是老天随手的安排。

可这份缘分到底有多深或者多浅呢？

池渝分不清。

在那次偷吻完了之后，池渝躲了顾渊很久，大概是不知道该怎么面对，总觉得需要再做些准备。可准备这种东西，做得越久就越不知道期限在哪儿，就越不敢迈出脚步。

所以，整体来看，池渝缩了起来。她变得不像自己，倒是像一只躲进壳里不肯探头的蜗牛，每天除了工作，就知道一个人胡思乱想。

池渝不曾想过，自己再见到他，会是在这样蜗牛的状态下。说起来，她是赴季晗潇的约到这个地方的，可不知道为什么，季晗潇不在这儿，倒是顾渊一副等了许久的样子。

这样的再遇，可以说是万万没想到了，至少在这一刻，池渝觉得自己整个人都是怔怔的……

她完全没有做好心理准备。而更加没想到的是，顾渊对她说的第一句话，会是："那天的事情，我知道。"

那天？哪天？他说的那天是哪天？

是她想的那一天吗？

瞬间惊吓乘以二。

顾渊朝她走近，看着眼前的人呆若木鸡的模样，本想严肃认真一点，终于是没能忍住，笑了出来。想了想，他伸手，摸摸她的头。

“前阵子，对不起。”

对不起，不该在心烦的时候把自己的火气撒在你的身上，也不该趁着生病故意凶你、想把你赶走。不过，也谢谢你。

谢谢你没有走。

“还有，那天你跑得太快，没机会回应你。”说完，顾渊俯身下来。

他凑近池渝，又停在她的眼前：“你要不要闭个眼睛？”

池渝心慌意乱，完全不知道该做什么反应，只是本能地照着他的话在做。

看着眼前人乖顺的模样，顾渊的眼神忽然变得柔软。

接着，有一句话就那么从他的唇边溜了出来。

他说：“我喜欢你。”

池渝一愣，飞快地睁开眼睛，却只看见眼前放大的脸，与此同时，唇瓣上覆上温软的触觉。

这个吻很轻，轻得像是一片凑巧落下来的花瓣。

不知道为什么，分明前一刻还慌乱不安、整个人也怔怔无措，然而这一瞬间，她的心情意外地平复了下来。

就好像，一直悬着的那颗心，终于被人温柔地捧住，安放在了一个轻软的地方。

池渝的眼睫微颤，她伸手环住了他。

顾渊离他太近，她看不清，可看不清又有什么关系呢?

既然是已经被确定的两颗心，那么，或许很多东西也不需要那么清楚。因为，最重要的那一点，他已经给了她答案。

一个尽在不言中的答案。

不远处，季晗潇望了一眼相拥着的顾渊和池渝，又望了一眼看得津津有味的连清禾，忽然有些无语。明明不关她的事，但她脸上的兴奋劲儿满得跟杯中的水似的，简直就快要溢出来。

“这么好看？”他问。

连清禾头也不回：“当然好看，那可是顾渊啊，你什么时候看过他这副样子？”她一边说，一边开始拿手机拍，“这可是他难得的时刻。父爱如山，我得给他录下来，以后也好留个纪念。”

话是这么说，可你明明是自己录着好玩的吧？季晗潇摇了摇头。

正是这个时候，顾渊似有所觉，睁开了眼睛往这边一瞥。

也就是这一瞥，季晗潇从那里边看到了警告。他扯了扯连清禾：“别拍了，人家不愿意。”

连清禾把他的手拍了下去：“你管他愿不愿意？爸爸开心

就行。再说了，我哪次做的事情他赞同过，不都是不愿意的吗？不用担心，反正他打不过我。”

季晗潇：“……”

“话不是这么说……”他说着，又准备去碰连清禾的肩膀，却不防她忽然收手，反手在他肩上一扣，抓住他的手一个转身往前送去。

这一系列的动作只在电光石火之间就已经完成，季晗潇甚至听到了自己骨骼摩擦的声音，好在连清禾下手还有个轻重，没真的伤了他。

“怎么样，我就说吧。”她悠悠然收好手机，“没一个能打的。”说完，她自觉也拍得差不多了，于是伸个懒腰心满意足道，“走吧。”

季晗潇还没从那一推中回神。

连清禾见状，歪着头挠了挠他的下巴：“不是你说的吗？公司还有事，回去加班咯。”

她的动作很轻，挠得他有些痒。季晗潇一滞，很快又恢复如常：“嗯。”

回应完之后，他跟着连清禾离开。

而连清禾在转身之前，又看了顾渊那边一眼。这个眼神有些诡异，因为那目光里竟然真有几分老父亲的欣慰感。

不过，的确是很欣慰的。

顾渊这么拧巴的人，能找到一个他喜欢且喜欢他的人，就像他说的，很不容易。

另一边，顾渊收回视线，望回池渝，不想眼前的人睁着一双大大亮亮的眼睛正盯着他。

分明之前还怔怔愣愣、不好意思似的，怎么这么一会儿就变了？而且，按理来说，在这一吻结束之后，她不应该娇羞一下的吗？

他握拳放在唇边，轻咳了一声：“看我做什么？”

池渝笑笑：“开心，想看。”

顾渊挑眉，变得这么快？

池渝迫不及待地问：“怎么，我们现在是在一起了吗？”

“这么直接？”

“我想确定一下。”

顾渊失笑：“这样还不能确定？”

池渝摇头：“要你告诉我。”

顾渊低了眼睛：“好，我告诉你。我喜欢你，非常非常喜欢，虽然不知道是从什么时候开始的，却能确定，它大概不会结束。”

池渝其实觉得这句话有点儿肉麻，可一想到这样肉麻的话是他对她说的，她又有些开心。

“那……到底是确定，还是大概？”

顾渊无奈笑道：“确定，我确定不会结束。”

池渝闻言，嘴角忍不住地上扬，像是有机关似的。

月光如水，洒在她的脸上，她的眼眸清亮，含着笑意，也带着认真。

在夜色里，两个人并肩向前走着。

路上，他悄悄钩住她的小手指。池渝转头，看见的是他一本正经的脸，只是，再细看，却能看见他微微闪躲的眼神。

她觉得有趣，还想再看，却不想他忽然松开手，按住她的头就是一扭。她的视线一下子从他身上移到了前方。

揉揉脖子，她想，真是恶劣啊。

在心里抱怨了几句，她用余光看一眼他。

不知道为什么，心里有一点点的小失望。

“不钩了吗？”

问完之后，池渝就看见顾渊抿了抿唇。

继而，他牵住她的手。

十指相扣，不再放开。

— 正文完 —

遇见你之前，我对爱情有许多不切实际的想法；
遇见你之后，我只想和你茶米油盐酱醋茶。

番外一

YUANLAITAYEXIHUANWO

现在我有你

1.

这天，池渝不小心看见了顾渊的身份证。

“你在干什么？”

看见池渝站在原地一动不动地发呆，顾渊于是走过来，自然地把头搭在她的肩上，接着环过手臂，握住她的手，把她拿着的东西往自己眼前凑。

顾渊有些奇怪：“你对着这个发什么呆呢？”

池渝缓了缓：“十一月十八日？”

顾渊一时没回过神：“什么？”

池渝转身，咬牙切齿道：“你不是说，你的生日是十一月十八日吗？”

顾渊怔了会儿，稍微退了一小步，错开她的目光。

“你说这个？”顾渊有些不自在，“阴历和阳历的区别。”

池渝：“……”

她上前几步，戳戳他的肩膀，稍微组织了一下措辞：“你的意思是，你的阴历和阳历生日，中间隔了四个月？”

他这是自己是个傻子还是把她当成了傻子?

顾渊轻咳一声，移开视线。

这是池渝的家，他望向不远处的木架，那儿有一朵窝在碗里的小小的多肉，很可爱，叶子很胖。如果把碗拿起来，能看见底下一行小小的字：Made in China。

顾渊每次来这儿看见它，都会想起一个下午。

那时候，他们坐着木船，晃悠悠地漂在贝拉湖的水面上。他们好像说了很多话，虽然大部分都只是闲聊说而已，没有意义，但那种感觉很舒服。

那时候，她还有些怕他，说话做事都小心翼翼。

哪像现在。

2.

“怎么不说话？”池渝抬头望着他，大概是觉得这样气势不足，于是在他回望她的时候，气鼓鼓道，“你蹲着点儿。”

顾渊叹了口气，依言屈膝，与她平视。

池渝像是满意了，嘴角不自觉地弯了弯，可很快又被她压下去。

像个孩子似的，顾渊心想，不过这样很好，他很喜欢看她这个样子。

池渝晃了晃手里的身份证：“解释一下吧？”

“这个？”顾渊看一眼，不在意似的笑笑，“这上面的日子是随便填的，它就是我办身份证那天而已。我小时候没怎么过过生日，后来有意识了，就随便找日子过，哪天开心就哪天过。”他指了指身份证，“这个，连年份都可能是错的，具体是哪一天谁又知道呢？”

说完，他摸了摸愣住的池渝的头。

“还怪我吗？”

“我……”池渝低了低头，一时有些不知该说些什么，“这样吗？”

“傻乎乎的。”

顾渊直起身子，抱了抱她。

“这上面的东西不重要，反正，我决定了，以后就过十一月十八日，你记得这个就好。”

就像顾渊说的，他真正的生日是哪天，他自己也不知道，身份证上的日期是瞎写的，除了定期吃个蛋糕之外，他也不大会去过。可那天之后，他把那个日子定成了生日。

或者说，用生日做借口的一个纪念日。

十一月十八日，真是一个值得纪念的日子。

他想，他大概这辈子都会记得那个晚上的星星灯和切片蛋糕；记得白沙滩上，一个女孩儿蹲在那儿抬着头冲他笑；记得当时自己说的那句“不是一个人，现在我有你”。

池渝犹犹豫豫：“我……”

顾渊退远一些，弹了一下她的额头：“不用有什么别的想法，以后，你想知道的，都可以直接问我，我不会介意。”他说完，忽然想到前几天连清禾和他说过的话。

连清禾说：“女孩子啊，你和她说话可以直接一些。喜欢就说喜欢，很喜欢就说很喜欢，不要以为双方心里都知道就不说。有些话，心里知道是知道，但说和不说还真是两回事儿。”她说完“啧”了一声，“甚至，有时候肉麻肉麻也是可以的。不对，不止可以，还十分必要，记住爸爸的话，绝对没错。”

当时的顾渊说：“你确定女孩子都是这么想的？”

连清禾先是点了个头，之后一拳头就招呼过去了：“你什么意思？”

思及此，顾渊在原本说完的话后面又加了一句：“池渝，我很喜欢你。在我面前，你不需要多想、也不需要做什么别的考虑，因为是你，所以问我什么都没有关系。”

闻言，池渝顿住。

而顾渊表面上不起波澜，心里却有点小紧张。

这样的话，他以前没说过也没排练过，虽然是心里话也是他真实的想法，但就这么说出来，好像还是有哪里怪怪的。

果然，池渝木木道：“今天怎么这样说话？都不像你了。”

顾渊的耳朵微微发红。他握拳放在唇边，仿佛在掩饰什么：“就想这么说一说，怎么了？”

池渝在他的脸上很明显读出了“有意见吗”四个字。读完之后，她不自觉又有些想笑。

明明不擅长，还非要这么说……

3.

“没有没有，就是有点儿惶恐。”池渝促狭地笑，“在下何德何能，得大人如此厚爱。”

她的眼睛很亮，像是有光，配上这样刻意做出来的表情，看起来调皮又可爱。

——真的喜欢一个人，只会恨不得把她按在墙上亲。

顾渊的脑子里忽然冒出这样的想法。

想完之后，他便照做了。

而池渝先是意外，很快便反应过来，环上他的腰，开始回应这个吻。

因为是恋人，所以什么都是顺理成章的。

恋人，这个词真好，不能更好。

在这样缱绻的气氛里，池渝蓦然开了个小差。

她想起自己少女时期的期待。

那时候，她对爱情有许多不切实际的想法，多半是偶像剧里风风火火的套路，好像一定要发生很多、经历很多，才能证明两个人是真的相爱。

但其实，只要在一起不就够了吗?

对啊，不管是平平淡淡还是风霜雪雨，只要身边有这样一个人，就够了。你知道他在，知道他不会离开，知道他会一直陪着你，走到很远很远的未来。

自然得就像生活本该如此。

就像昨天，她赖在沙发上睡午觉，睡醒之后，伸个懒腰，起身就看见他。

然后，她站起来，打开冰箱提了啤酒就去戳他：“走吧。”

他抬头：“去哪儿？”

在问这句话之前，他已经放下了手中的书，接过她提着的啤酒，牵了她的手。那一声“去哪儿”不是“干什么”的意思，而是已经准备好了和她一起出发。

而池渝看了一眼牵住自己的人，轻轻回握住那只手。

她笑着：“天气不错，阳光很暖。想拉你去湖边晒着太阳喝点小酒，唠唠家常。”

恰时，顾渊发现了她的走神。

他在她的唇瓣上轻轻咬了一下：“在想什么？”

池渝笑道：“想你。”

他抵住她的额头：“那就好，你也只能想我。”

“这么小气？”

“我一直都不大方。”

池渝无奈似的，紧紧环住他——

“好了好了，答应你了。”

番外二

YUANLAITAYEXIHUANWO

如果你想听

顾渊一向觉得自己的过去没有什么好提的，或者说，如果可以，他并不想提起自己的过去。那段岁月不长，却满是灰暗，即便说得再云淡风轻，也无法掩盖住自己的在意，而一旦流露出那样的感情，看起来便会有些可怜。

把过去不好的事情说出来，总像是在发出寻求安慰的信号，也同时把自己放在了相对弱势的地位，而他最不喜欢别人说他可怜。

顾渊对此始终是在意的。

可现在，他望着池渝，觉得，如果对象是她，或许他可以说一说。

虽然，她并没有问过，可他看得出，她想知道。

想到这儿，他这么问了她一句。

铺垫很多，但归根结底，其实就是一句话：“你想听吗？”

却不料池渝不答反问：“你想说吗？”

顾渊不语。

而她从这个反应里得出了答案。

池渝像是看小孩子似的：“其实没关系的。”

“什么？”

池渝原本在铺床，却在这时候走过来，她放下挽起的袖子，走向坐在凳子上的顾渊，对着他的脸捏了捏。

“过去的都过去了，它们已经变成了一个固定的时间点，我们改变不了。也许我会对你的过去好奇，可这并不影响什么。”她认真地望着他的眼睛，“即便不知道那些事情，但是，我认识的这个人，我在乎的这个人，我知道他是什么样子。我喜欢他。”

她说得并不算清楚，或许还有些含含糊糊。

但顾渊听明白了。

也许有些事情需要说明，可这样的事情，从来不必说得太过明白。

她不愿意他勉强自己，即便她的确想知道那些她所不了解的事情。

他不愿意提起过往，却愿意为了她回头再看一边那些灰暗的时光。

而有了这样的“愿意”，大概，别的也就不重要了。

“那，如果以后你想知道，我再说给你听。”

“比起过去，我更想知道以后。”她笑笑地扑进他的怀里，“以后关于你的每一桩每一件事情，我都想知道。不不不，不光想知道，我还想参与。”

顾渊被她的语气逗乐了。

从前，他还真是没有想过身边会出现这样的一个人……

这样好的一个人。

“嗯，当然，你当然得参与。不然你想逃到哪儿去？”

“逃不掉啦。”池瑜蹭蹭他的肩膀，“你把我抱得这么紧，我都快喘不过气了，逃不掉啦。”

顾渊失笑。

你说你逃不掉，其实我也一样。

“池瑜。”他忽然唤了一声。

“嗯？”

顾渊顿了顿：“没什么。”

语毕，耳边传来的是带着笑意的回答。

“嗯，我知道我知道。”池渝小小声说，“我也喜欢你。”

顾渊一怔，唇边的弧度又深了几分。

“嗯。”

而池渝得意地弯了眼睛。

你看，不止你能看出我的想法的。

我也是，即便你不说，我也能听到你心里的话。

话说……这算不算是一种超能力?

如果算，那么，大概是因为，我也喜欢你。

而且，从现在到以后，会一直喜欢下去。

— 全文完 —

图书在版编目（C I P）数据

原来他也喜欢我 / 晚乔著. -- 贵阳 : 贵州人民出版社, 2018.6
ISBN 978-7-221-13953-5

Ⅰ. ①原… Ⅱ. ①晚… Ⅲ. ①长篇小说－中国－当代
Ⅳ. ①I247.5

中国版本图书馆CIP数据核字(2018)第118852号

原来他也喜欢我

晚乔 / 著

出 版 人：苏　桦
出版统筹：陈继光
选题策划：大鱼文化
责任编辑：胡　洋
特约编辑：雪　人 采　薇
装帧设计：刘　艳　孙欣瑞
封面绘制：舟蒲麦
出版发行：贵州人民出版社（贵阳市观山湖区会展东路SOHO办公区A座 505081）
印　　刷：长沙鸿发印务实业有限公司（长沙黄花工业园三号 邮编410137）
开　　本：880×1230毫米 1/32
字　　数：162千字
印　　张：9.125
版　　次：2018年6月第1版
印　　次：2018年6月第1次印刷
书　　号：ISBN 978-7-221-13953-5
定　　价：35.80元

作者简介

ZUOZHEJIANJIE

晚乔

| 小花阅读签约作者 |

热衷于美食、画画和文字，汉服日常党，永远在刷游戏追新番。

时刻都是奇怪的想法，习惯于用意念和人交流。一直做梦活在武侠世界里，开始以为正常，后来发现好像只有自己是这样，难怪和人讲话永远跑偏跟不上。

伙伴昵称：乔妹、仓鼠

已上市：《妖骨》《顾盼而歌》《云深结海楼》《烟雨斋》

原来他也喜欢我

Y U A N L A I T A Y E X I H U A N W O

晚乔 / 著

贵州出版集团
贵州人民出版社